U0009308

LOCUS

LOCUS

LOCUS

LOCUS

RECREATION

R 01

錯置體

Mislocation: The Tapeworm Murder Case

作者：藍霄

責任編輯：林毓瑜　美術編輯：謝富智

法律顧問：全理法律事務所董安丹律師

出版者：大塊文化出版股份有限公司

台北市105南京東路四段25號11樓

www.locuspublishing.com

讀者服務專線：0800-006689

TEL：(02) 87123898　FAX：(02) 87123897

郵撥帳號：18955675　戶名：大塊文化出版股份有限公司

總經銷：大和書報圖書股份有限公司　地址：台北縣五股工業區五工五路2號

TEL：(02) 89902588　FAX：(02) 22901658

製版：瑞豐實業股份有限公司

初版一刷：2004年 8 月

定價：新台幣 250元

Printed in Taiwan

國家圖書館出版品預行編目資料

錯置體／藍霄著.-- 初版--

臺北市：大塊文化，2004 [民 93]

面：　公分.--(R : 01)

ISBN 986-7600-63-0 (平裝)

874.57　93010368

錯置體

藍霄

目錄

CONTENTS

絕對震撼　黃鈞浩　6
序章　13
第一章》孟婆湯　15
第二章》眩暈的牛頭馬面　60
第三章》犯罪者的奈何橋　106
第四章》陽關道上的小李　152
第五章》秦博士的獨木橋　234
台灣推理小説新里程碑之作——《錯置體》　傅博　268

絕對震撼

黃鈞浩

一、**類型**

本書為「具有解謎派態勢的懸疑推理（Suspense）」。

在此之前，藍霄的中短篇推理作品絕大部分屬解謎派，長篇《光與影》也不例外，因此，這部《錯置體》有可能是偶爾出現的「變奏曲」，但也可能成為「轉型後的序曲」。

二、**樂趣**

解謎派可提供「邏輯的妙味」，懸疑派的優勢卻在於「過程的緊湊懸疑與結尾的意外驚奇」。本書最厲害之處，在此絕不能明講，亦不宜暗示，以免降低震撼效果。

不過，要請諸位讀者從頭依序閱讀（最好邊讀邊猜眞相），千萬不要「忍耐不住，先看結尾」。

三、偵探

主要解謎者秦博士（老秦）在接近結尾時並未多費唇舌。

由秦博士的作風打扮來看，很可能是受了手塚治蟲漫畫名作《怪醫秦博士》（台灣版已改名爲《怪醫黑傑克》）的影響。

到目前爲止，國內所有創作推理中智能最高的神探，非這位秦博士莫屬。這句話是可以掛保證的。

四、配角

本案中的主要敘事者爲精神科醫師藍霄，以前在同一系列中通稱「湯瑪斯」，扮演的是「華生醫師」的角色。

墊腳石偵探這次也是由「小李」演出。

前作《光與影》中的警方代表是刑事組的陳松雄組長，本案則換成了謝賓霖隊長。同系列固定配角中的老K及阿諾並未出場，令人懷念。

五、風味

以所謂「浪漫」與「寫實」來區分的話，本書比以前絕大多數作品更「逼近現實」，也就是說，擺出了更多「寫實」的姿態。

出現「孟婆湯、牛頭馬面、奈何橋」之類的章名，或者處理一些「精神病、心理變態、特殊人士」等題材，並不表示本書有「怪奇浪漫」的氣息。

也可以說，本書已相當貼近了所謂的「社會派」。

六、專家

可能是作者職業或興趣的關係，本案除了當事人大都份都是醫生之外，還鑲入了大量醫學相關知識，但那些文字並不會造成閱讀時的障礙，原因是：作者經驗老到，功力深厚，知道怎樣才能處理得自然而易懂。

有那些知識（其實只是國中程度的生物課）的人也比較容易猜出眞相。

七、兇手

本案特殊，無可奉告。

八、共犯

通常可分三種：知情的同謀。被迫配合者（知情而被動）。被利用者（不知實情的）。

本案至少有兩名共犯。

九、詭計

一篇夠水準的推理小說，作者和兇手的奸計（這麼說是有點奇怪，眞對不起）定然是「層出不窮」，最常見的有：不在場證明、密室、一人兩角、兩人一角、移花接木、偷天換日、金蟬脫殼、調虎離山、栽贓嫁禍、詐死埋名……等，還可分為心理的、物理的、綜合的等等。對讀者而言，當然是愈多愈好。不過，若都是一些老掉牙的詭計，也易挨罵。當然，也有「因巧合而類似別篇」的風險。

本書之中也會出現好幾種，讀者應會大呼過癮吧？

要是你說：「咦，這詭計我怎麼好像在哪裡見過？」那麼，你能指出是在哪一篇嗎？或者是現實中發生過的？

十、視點

除第四章為「小李」視點外，其餘皆為「藍霄」的第一人稱單一視點。這是典型的「華生視點」，最適宜用來寫解謎推理。

搭配視點的用字遣詞也無懈可擊，這是藍霄最大的利器。

換言之，藍霄絕不會寫出「兇手絕非A，但兇手其實是A」這種矛盾句來。

十一、線索

可分兩種：

1. 作者安排在故事中（情節裡面）的。讀者可以和作中人物一齊知悉。

2. 作者直接以文字告訴（暗示）讀者的。只有讀者能夠知道。

這第二點可比喻成「考試時老師偷偷另外提示的話」，本來不宜多用，不過有些作者頗好此道，有些讀者也甘之如飴。

本書中，第二點比第一點多，甚至連書名都……

十二、遊戲

懸疑派無所謂「公平不公平」的問題。

十三、幽默

字裡行間不乏諷刺和滑稽，故可保證「絕無冷場」。

十四、挑逗

「精液、精蟲、精子、射精」這些字眼，全書合計出現達八十次以上。針對這點，我問了一些人。

有些人反應是「無動於衷」，有些則是「噁心反胃」（我是屬於這一種）。奇妙的是，竟也有些少女表示「刺激興奮、心跳加速」，不知是眞是假。

對於最後這種人，本書必能帶給他們最大的滿足感。

十五、藍霄

書中的敘事者「精神科醫師藍霄」看來像個傻子，說話（記述）吞吞吐吐，態度扭扭捏捏，簡直不像個男人。

現實上的作者「婦產科醫師藍霄」卻大不相同，非但做事乾脆，言出必行，而且還是位樂善好施的熱血青年。

這兩種藍霄，請大家切勿混淆。

十六、延伸

初識秦博士者在嚐過本書的威力後，若想更進一步向這位神探挑戰，就請去尋找下列作品，一睹爲快（編按：這些作品除《光與影》之外，之前都曾發表在《推理雜誌》）：

〈迎新舞會殺人事件〉（七十二期）

〈高四生之死〉（八十二期）

〈玫瑰殺機〉（八十七期）

《光與影》

另外，非系列的〈情人節的推理〉也非常精彩，我認爲其成績甚至高於「秦博士探案」，在此特別推薦。

十七、告白

像我這種不學無術的人居然在此大放厥詞，眞是不折不扣的「錯置體」。

參考書目：
五十嵐均《法蘭斯橋暮色》
夏樹靜子《玻璃的羈絆》
古龍《楚留香傳奇》

序章

我實在不知道該怎樣去陳述這整個怪奇的事件，才能將這些日子以來，我心中的困惑與不安，翔實地表達出來。

身爲推理小說作家，描述杜撰的詭譎故事，原本應該是駕輕就熟的事情，但是這個發生在我身上的眞實事件，實在是超乎我理智所能理解。就算僅僅只是回想，我也會莫名其妙地焦躁不安起來。

我失眠，我渾渾噩噩，這些日子以來，整個人好像少了一半的魂魄。

或許大部分的讀者都知道我在推理作家以外的眞實身份——沒錯，在社交往來的名片上，我還是個精神科醫生。

所以我當然瞭解自己目前的身心情況，爲了避免他人無謂的困擾，我向醫院請了長假，整個人幽閉在宿舍中，睡到日上三竿還窩在被窩裡。我懷疑自己是不是得了憂鬱症。

精神科醫師得了憂鬱症，說出來可能會讓人笑話，但對於不得不面對的狀況，這也是無可奈何的事實。

餓了吃泡麵，渴了喝瓶裝礦泉水，吃喝拉撒睡通通混在一塊，所謂「喪失生活能力」可能就是我現今這種樣子吧。

不過……今天，我起了個大早。

刷牙的時候，發現鏡中明顯浮現黑眼圈的我，陰霾的情緒卻似乎一掃而空。

眞是難得，我忍不住苦笑。那是爲什麼呢？

因爲我醫學院時代的室友秦博士，今天會到高雄來探望我。

我們約在H百貨對面的「星」咖啡館見面。

但是，我還是不知該用什麼方法跟他陳述這整個怪奇的事件，才能將這些日子以來，我心中的困惑與不安，翔實地表達出來。

第一章
孟婆湯

藍霄先生您好：

相當冒昧地寫了這封信給您，首先向您致上十二萬分的歉意，希望您能原諒我的唐突之舉。

其實我並沒有把握您能否看見這封信的內容，因為我曾在您的網站上看到您對於垃圾電子郵件與詐財電話的反感留言，我擔心您會把這封信當作垃圾郵件刪除，所以請原諒我索取讀取回條的自作主張。

為何要索取讀取回條，請容我後續再作說明。

當然，請您相信我，我以下所陳述的句句是實言，決不是欺詐的詭計。更何況我相當明白，要拐騙欺瞞以寫作推理小說為副業的精神科醫師您，無異是自取其辱。

我寫這封信的目的其實很單純，說來或許您不相信，我只是在尋求一個可以聆聽我說話的對象，我知道醫師，特別是精神科醫師，原本就是最能扮演好聆聽角色的職業。

對病人而言，自己的主治醫師聆聽自己陳述的苦痛似乎是天經地義的事。這是病人自私的佔有慾。不管對不對，我同意這種看法，或許也可算是我個人的偏見吧。

不過，我並不希望您以醫師的身份來看這封信，我私心地在此盼望，您能以推理作家的身份來看我這封信。

為何會有如此偏執無理的要求？

因為，連我自己也不知道，我到底是不是病了？

說來您或許不相信，我是邊掉淚邊在鍵盤上打字。但因為這是電子郵件，您無法從濡濕的信紙來體會我現在的悲傷無助。

因為這件事實在太詭異，太令人難以相信，直到寫信的此刻，我還懷疑自己到底是不是尚處於夢境當中。

如果能收到您的回條，我想我就可以稍微心安些，可以暫時擺脱夢魘般虛浮的情緒。

您如果能耐著性子讀到這裡，如果我在您身邊，我一定會破涕為笑的。理由很簡單，我有把握藍霄先生對於之後我説明的事件，絕對有興趣能讀到信件的最後一行。

我先自我介紹一下，我好像叫做王明億，年紀好像是三十歲出頭，好像曾經是K醫學大學內科部風濕免疫科的總醫師，好像住在高雄三民區的建工路，好像還沒結婚，好像……

您現在一定覺得很奇怪，我怎麼用了那麼多「好像」。沒錯，就是「好像」！我突然間就像生活在充斥「好像」的世界中。

我並不是語無倫次。我剛剛又拉開褲襠確定了一下，沒錯，我是男的。很悲哀地，這是目前為止，我比較確定的一件事。

唯一的一件事。

我實在不知道，整件事情，整個世界，到底是哪裡弄錯了？怎麼會這樣？怎麼會是這樣的局面？

藍霄先生，不好意思，其實我剛剛又去痛哭了一會兒。我是讓自己情緒稍微平復後，再過來繼續寫這封信。

其實，您知道嗎？我曾看過您的門診，也就是說，我曾以病患的身份與先生有過接觸，您對病患親切的態度，後輩我相當佩服。不過，我想您可能也記不起我來，畢竟一個醫生每天要看診的病人那麼多。當時您給我的疾病診斷是：精神分裂症。

我並不怪您，儘管藍霄先生您很親切，但是短短幾分鐘的晤談，實在難以做出精準的診斷。我本身也有醫學背景，我也知道您從晤談的資料來下這種診斷，其實已經算是相當正確了。

我並不是要在這裡質疑您的診斷。不過，就像我先前所提的，我希望您能將醫師的身份抽離出來，而以推理作家的心態來判斷我所說的話、來審視整個事件。

電子郵件的好處，就是可以詳細說明整個事件的始末，這絕對是門診短短時間晤談問診所不及之處。

事情發生以後，我想了很久。我想整個事件，應該是出自於一個環節的錯誤。我雖然……好像曾是風濕免疫科的醫師，不過，這段時間以來，我閱讀複習了不少精神科的書籍，我想，問題應該是出在記憶的部分。

我知道您對於解離症很熟悉，但是請原諒我在此班門弄斧。也請您不要笑我，我對於精神科的知識，其實還是停留在醫學院的階段。我如果講錯了，還請您包涵，也請您暫時不要追究我為何會突然冒出這個疾病名稱。我記得，簡單說起來，解離症應該是病人的意識、記憶、身份，或對環境的正常整合功能遭到破壞，因而對生活造成困擾……

另一方面，根據《美國精神醫學會的診斷手冊》，解離症分為四大類，包括解離性失憶症、解離性迷遊症、解離性人格疾患與自我感消失症。

老實說，看到美國精神醫學會的分類與定義，我相當震驚。藍霄先生，您或許不知道我為何震驚？因為您並不是我，只有最瞭解自己身體心理狀況的我，才會知道我根本不是什麼精神分裂症，整個問題是出在失憶症與迷遊症才對！

道理很簡單。

據我瞭解，最常見的解離症就是解離性失憶症。換句話說，解離症中，失憶是最常見的症狀。據說失憶症最常見的是對個人身份喪失記憶，但對一般資訊的記憶則是完整的，而且失憶往往發作得很突然，患者會無法回憶之前的生活或人格，「過去的記憶」會莫名其妙失去，特別是針對創傷性的生活事件。

至於解離性迷遊症，我看了精神科教科書上的說明，書上說患者常會離開原來的家庭或工作，旅行到另一個陌生的地方，建立另一個家庭或工作。當他們被尋獲後，他們往往已經有一個新的「自己」，但無法記起個人過去的姓名、家人、工作……

我搬弄了一些解離症的粗淺認識，先生您看到我的說明——不管您是否已經想起我那天與您在精神科門診問診說的話——不知您有何感想？您對我接下來要講的東西，心裡是否已經有個底了？

嘿，不管是失憶還是迷遊，這種老掉牙的情節，推理小說裡不是經常會出現嗎？身為推理作家的您，應該會感興趣吧。

但是，說是失憶症也好，迷遊症也罷，藍霄先生啊，您知道真正的問題出在哪裡嗎？我的字裡行間中，您還感受不到嗎？

我前面對於我個人的自我介紹，用了相當多的「好像」，但是您發現了嗎？我每個「好像」後面所接的個人資料可都是相當的明晰。

也就是說，我根本不符合「解離性失憶症」的定義。

因為我腦子裡面的記憶都很明確。

問題是出在全世界的其他人才都是「解離性失憶症」的患者，講白話一點：「我沒病，是世界上的其他人病了。除了我之外，其他的人都失憶了！」

我想您應該聽過孟婆湯的傳說吧。我還特地去查了一下《玉曆寶鈔》裡關於孟婆神的描述。

據説諸魂投胎轉世前，要忘記前世的記憶，會被派飲孟婆湯。

今天我所面臨的情況其實差不了多少。差別只在於，是不是不用投胎轉世，現實生活中只要喝下孟婆湯，一切的事情都可以忘的一乾二淨？

我想不妨換個説法，孟婆湯其實就是「解離性失憶症」的致病方劑，不是嗎？

唉……我當然瞭解，現實裡根本不會有孟婆湯這種無稽的東西。

但是，現實又是什麼呢？對我而言，突然混亂的世界，就是現實嗎？

那麼，有誰可以告訴我，喝杯「咖啡」……就僅僅喝杯「咖啡」，為何大家全忘了？全忘了我！

十二月七日星期日，一個打死我也忘不了的日子。

天氣無雲、無風，氣溫既不冷也不熱，是個再尋常不過的一天，氣象報導也説這是典型南台灣冬天的好天氣。

就是在這樣的一個週末，「喜福會」的六個人進行例行的同學聚會。

「喜福會」是我們K大醫學系八十四年班的小團體，成員的組成是由畢業後繼續留在K

醫院服務的同學所組成。這是從實習醫師階段就有的組織，發起人就是現職心臟內科總醫師的周國棟。

周國棟醫師與他的老婆，那位總是打扮的漂漂亮亮，喜歡作各式帽子裝扮的李妙意醫師，是我們「喜福會」的核心人物。周醫師以前在班上就是以熱心著稱的好好先生，而他與小兒科的李妙意醫師結婚後，兩人更是夫唱婦隨的典型例子。他們兩人算是十二月七日當天對我還算客氣的人，我到現在還是很感謝他們，因為他們從事件發生到現在，始終對我抱持相當的善意。

相反的，神經外科呂名成與骨科的傅東祺，根本就是不分青紅皂白、無法慢條斯理講道理的粗魯份子。對於事情的處理態度往往反映個人的修養與人格，他們從醫學院時代起就是這麼莽撞。

我好像在說同學的壞話……其實在寫信給您的這時，我已經不怪他們了。因為這種詭異的情況，怪他們實在有失厚道。

沒錯，藍霄先生您想的沒錯，十二月七日下午，在「星」咖啡館，是發生了相當不愉快的衝突。

事情發生得相當莫名其妙。

我還是先講一下當天有哪六位。當天除了周國棟、李妙意、呂名成、傅東祺、呂名成的女朋友許純娟護理師以外，還有好像是叫做王明億的我。

流水帳般的點名，雖然很老套，但是我拜讀過藍霄先生的推理小說，我發現您相當強調這點，我也曾在您網站看過您的留言：「推理小說登場人物描述不清楚，遑論其他」這種斬釘截鐵的論點。

先生，你知道嗎？我真想大喊……

大喊什麼？

「現實世界對於我，王明億存在的事實都搞不清楚，遑論其他。」

所以我想要以謹慎的態度來描述當天的經過，就算失之瑣碎也請您不要介意。我只是想把當天的情況寫清楚，好請您來判斷，我的同學們當天是多麼荒謬可笑，而全世界又是多麼的怪誕。

「喜福會」並不是只有我們六人，只是這天剛好有空可以前來聚會的，就是這些人。聚會其實並沒有特別的目的，至於會到「星」咖啡館也只是過去的習慣。總之，就是同學們聚聚，言不及義的聊一些醫院八卦和趣談而已。

勉強稱得上是這天聚會主題的，應該就是關於周國棟夫婦即將到來的結婚三週年慶祝party的籌備事宜。

我是與周國棟夫婦搭乘傳東祺的車子，在下午兩點左右，到達H百貨公司的停車場。我們每次到「星」咖啡館聚會，都習慣把車子停在這裡，再步行到咖啡館。

呂名成因為前一晚開刀處理硬腦膜下腔出血的病人直到清晨，所以他是在兩點四十分才與女朋友許純娟聯袂出現。

我點了杯焦糖瑪其朵，周國棟是喝黑咖啡。李醫師因為懷孕的關係，所以點了泰舒茶。傅東祺點的是拿鐵咖啡，稍後過來的呂名成點的也是拿鐵咖啡。許純娟跟我點的一樣，也是焦糖瑪其朵。

周國棟夫婦還各點了一客濃情巧克力蛋糕。傅東祺沒有點甜點。喜歡甜食的我則點了新鮮草莓與巧克力蛋糕各一客。呂名成可能是中午沒吃飯的關係，除了幫許純娟點了新鮮草莓蛋糕之外，自己還點了美式濃湯酥堡與沙拉。

再一次請藍霄先生原諒我的瑣碎，我一一寫出大家的餐點，目的無他，就是要證明我的記憶無誤。

當天我們到底講了哪些話？想要一一去回溯實在是有點困難。不過，聊的內容是哪一方面，還是可以回想出大概。除了前面所講的結婚三周年party之外，不外是醫學、醫院、最近看的電影等等，如果藍霄先生有興趣有耐性，我當然可以再度如流水帳般寫下去，但是這種伊於胡底的記錄方式，我是相當擔心您會失去聆聽的耐性，所以我就省略了。

事情是發生在大夥兒討論近期恐怖片話題之後。嗯，現在仔細回想起來，大家的言行舉止並沒有特別異常之處，「星」咖啡館也沒有什麼突然的改變。我的心跳、血壓和意識都相當清楚，心理狀況更不用說了。老實說，我這個星期心情相當愉快，因為我投稿到A級國際醫學期刊的論文被接受了，與女友的感情也十分穩定，整個生活步調悠閒地不得了，所以怪奇事件發生的當下，我真的覺得一切如常。

嘿，「一切如常」這四個字，如今寫來多令我覺得諷刺啊。真的，那時對我而言，除了膀胱尿急的反應外，「一切如常」。

我離開同伴到同一樓層的洗手間小解，結果事情就這樣發生了。

發生了？寫起來真怪異，因為我真的不知道用「發生了」來形容當初的狀況恰不恰當？小便，不就是拉開拉鍊，一洩千里，抖抖身子，摁一下沖水開關，拉上拉鍊。回身到洗手台洗洗手，烘烘手，順便整理一下服裝儀容。只要是男孩子，大家不是都是這般再平常不過的程序嗎？

三、四分鐘的過程，沒有被其他事情耽擱，沒有傳來奇怪的聲音，沒有天旋地轉，更沒有突如其來的亮光。

接下來，我不知道，我除了回到自己的座位坐下，再度加入「喜福會」同學、同事們的話題之外，還有哪種行為，會比這樣還平常？

我端起咖啡，啜了一口，味道有點苦……

咖啡繞過舌根滑了下去，我動手拿起蛋糕，但是我並沒有咬下去。因為，我發覺其他人瞪大眼睛注視著我。

同樣的杯子，同樣的聚會，同樣的位置……

「嗯？」我發出疑問的聲音。

藍霄先生啊，您絕對想不到，我同伴們的回應。

「喂，你幹嘛？」

「你是誰？」

「你怎麼這樣？你喝人家咖啡幹嘛？」

「喂喂喂，你是誰？你怎麼這麼隨便！搞什麼啦？」

我看了杯子一眼，看了同學一眼，我楞住了。

「……」老實說，我一時抓不到頭緒，「怎麼了？」

「你是誰？」

「你為什麼坐在這裡？」

「先生，你幹嘛啦，我們又不認識你，你怎麼那麼自動？」

我手中的杯子，這時放也不是，繼續喝也不是。

「你們……別鬧了……」我苦笑。

眼神，我想是同學的眼神，讓我心裡有點發毛，那不是開玩笑的眼神。

如果時間真能凍結，我想當時是氣氛尷尬異常的瞬間。

「先生，你幹嘛坐在我的位置，吃我的蛋糕，喝我的咖啡？」我發現不知何時在我之後也離席的周國棟這時回來了，他站在我對面，指著我這麼說。

□

讀到這裡，我想對任何閱讀到這封電子信件的人而言，都會覺得這只是個生活小事件，費這麼大的氣力與篇幅描述它有何意義？

直覺上只是惡作劇。朋友間鬧著玩有什麼大不了？

先生，您若也是這樣想，那可是大大的謬誤了。

因為我剛開始也是不當一回事地繼續吃我的蛋糕。對於無聊的玩笑，何必認真呢？

但是，為何我的同事要突然開這種玩笑呢？如果我當初可以多考量到這一點，或許接下來的場面就不會這麼糟糕、這麼不可收拾。在同學間，其實我算是有點嚴肅的人，講話通常比較一本正經，就算偶爾講笑話，也會把場面弄得冷僵僵。

因為沒有想太多，所以，我還是沒將他們的反應當一回事，繼續喝我的咖啡，吃我的蛋糕。

寫到這裡，我還是得承認，這種態度真的很糟糕。假設，藍霄先生，假設您與女友在享受燭光晚餐的時候，若突然冒出一個陌生流浪漢，自顧自拉張椅子坐在您們之間，伸手取食您們的餐點，享用您們的美酒，對您們的質疑毫不理睬，您們會有怎樣的反應呢？

招來服務生？厲聲指責？還是一把推開他呢？

我當然無從知道您的答案，不過，不管您如何回答，我現在都可以體會，因為我已能體會我同學們當時對我的不耐而產生的反應與舉動。

其實真的不能怪我，我沒想到，對他們而言，那根本不是開玩笑。有誰能想到，我就只是去上個廁所回來，我的同學們竟然突然「不認得我了」？

到目前為止，我雖然想不透，也不願相信這是事實。但是在寫信的此刻，我已經漸漸可以接受。然而，萬一這真的是事實，我該怎麼辦？

怎麼辦？怎麼辦？寫信給您是我目前覺得最理想的解決方式。藍霄先生，您可以告訴我該怎麼辦嗎？

因為落差、誤會、疑惑、不解、糾纏的怪異情況，您可以想像得到那後來是如何的混亂嗎？

據趕來處理的警察說，我瘋了。

同學同事們說我是瘋子，服務生也說我是瘋子。現場看熱鬧的其他人，我猜他們可能也是一樣的看法。

對於混亂的局面，我當然支支吾吾無法抗辯。

我不是跟他們一起來的嗎？我可以一一點出他們的名字，我可以交代這天的整個細節經過，我可以說出醫院的事情，我可以回憶醫學院的瑣事……要我講什麼都可以，只要他們不要遺落我、忘記我。

不要開這種越來越讓我發慌的玩笑。

我知道後來我的情緒似乎真的失控了，因為我越講越毛，越講越心虛，因為不管我講什麼，我的同學伙伴們，幾乎通通否認了。

我認得他們，他們卻說不認識我。除此之外，他們還跟警方表示：「不知道這個人在胡說些什麼？」

藍霄先生啊！人開玩笑的時候，表情還是會透露出狡詐的隱藏情緒，不是嗎？但是他們沒有，最讓我百思不解的還是他們的眼神。

那是陌生的眼神。

怎麼會這樣呢？為什麼他們突然都忘記了？我不是他們的好同學好同事「王明億」嗎？怎麼大家都突然把我當成陌生人呢？

當時我慌了，真的慌了。

我身上有證件，身份證，信用卡，可以確確實實證明我是「王明億」。

我根本不怕，我請警方去查資料。

但是，結果卻讓我傻眼了，因為警察查詢我的人事資料，竟然說我是高雄市列管的街頭流浪漢，而且還是個有騷擾K醫院醫護人員前科的累犯病人。

我好似突然踏入了另一個時空。在「星」咖啡館上完廁所回來，我恍似踏入了一個陌生的世界。

我意識始終清楚，生活步調始終如常。但是一瞬間，我的周遭突然通通變了調！

事後，我並不是沒去思考這是怎麼一回事？我記得愛因斯坦提過一個重要的概念：時空與質能並不是兩個個別的概念，在巨大的電磁波擾動下，它們可以互相變化。也就是說，人或物體可以在一瞬間突然失蹤，進入另一度時空。有人用這種科學性的理論來解釋神秘的百慕達三角，甚至一些人體消失或自燃等等不可思議的謎團。

但是，科學可以解釋我面臨的情況嗎？我始終強調，我記得相當「清楚」，只不過在十二月七日下午，一切突然錯亂了。

錯亂的不是時空，錯亂的是，我的人際關係。

我並不相信，「星」咖啡館的洗手間有所謂異次元的空間出入口。但是，我嘴裡雖這麼說，藍霄先生，不瞞您說，這個洗手間，自那天以後，我不知去了幾趟。我也知道，這樣的行為，對某些人來說或許也算是變態的偏執行為。所以，咖啡館曾針對此事向管區派出所備案。

我想到是不是有所謂「群體性解離性失憶症」這種情況？也就是說，和我王明億有關的一切人際關係就像是被立可白塗抹掉了那樣。

有這種疾病嗎？藍霄先生啊，我期待您肯定的答覆，因為我實在快受不了，我真的快發瘋了。

還是世間真有孟婆湯？大家通通吃錯了藥？

當天和之後混亂的局面我就不一一贅述了。就像是碰到難題總要釐出一個頭緒來，我開始雖訝異，但那個時間點一捱過，我的情緒就稍微沒那麼緊張，因為我覺得這種事情，一定可以找出解決的關鍵。

我離開警局，回到我記憶中的「住所」，但是我繞來繞去找不到我住的地方，那裡只有市立遊民收留中心。

我回到我記憶中的工作場所——K醫大附設醫院，來到我的風濕免疫科辦公室，卻找不到我的辦公室。值班表上沒有我的名字，同事們也認不得我。

前面提到在期刊發表論文的事情，也突然憑空消失了。我的女友葛……，唉……名字不提也罷，她突然把我當成惡意騷擾的陌生人而報警。結果是，我又在市立精神醫院強制治療了好幾次。

醫學院呢？高中呢？我的求學歷程資料呢？不是突然消失無蹤，就是錯亂顛倒，要不然就是突然冒出一些我完全不知道的紀錄。

我不僅害怕無助，在追查的過程裡，我的心漸漸死了。

我是屏東東港人，那我往前去找尋我的根，問題不是就可以解決了嗎？但是這條線追蹤下去……原來我是一個心神喪失的人，早在幾年前就從家鄉走失，還是個失蹤人口。

藍霄先生啊！您是否能體會「人生消磁」的痛苦？

其實靜下心來想一想，若我真能失憶，那該多好？可是偏偏我記得相當清楚，您可會瞭解這種恐怖的感覺？

我曾經想過，我的情形就像電影情節才有的聯邦調查局或是中情局所搞的鬼，它們傾國家機構之力來扭轉我的人生。我知道藍霄先生您當初把我這種想法歸類於「妄想症」的症狀。但是藍霄先生，您聽我這樣前因後果、有條有理地一路陳述下來，我的推論是不是也提出了一個可能的解釋方向？而不是單純的無的放矢。

我相當的無助。

有時真想一死百了。十二月七日，我到底踏錯了哪一步？陷我於如今困惑的人生中。

我一度想要放棄。但是，我還是相當感謝藍霄先生您們診所帶給我的啓示，我不願乖乖屈服於乖離的命運！我要證明我是對的！證明我腦海中王明億這個人的存在是真實的！

所以，我要向先生承認一件事。這件事情，可以證明我才是對的！其他人都錯了，只有我是對的！

哪件事情？

我曾經殺了人！我曾經姦殺了一名女子！

如今，我想去自首！

□

這封奇怪的電子郵件是以Word的附加檔案傳送過來的。

寄件者：推理迷王明億

日期：二〇〇四年六月七日 上午十一：三七

收件者：藍霄

主旨：請教一件如同推理小說謎團的事情

現在是六月七日晚上六點鐘，門診及住院巡診剛結束。我買了晚報與晚餐，飢腸轆轆的回到辦公室。早上滿號的門診，幾乎是到下午四點鐘才結束，急性壓力病房的住院病人又費了不少的氣力處理，整個星期一可說是在忙碌與疲憊中不知不覺地度過。

我回到辦公室，把醫師服及領帶解下，隨意丟置。我吁了一口氣，順便打開個人辦公室的電腦，開始一天固定接收電子郵件的動作。收信的當兒，我邊填飽肚子，邊隨意翻看晚報新聞。

我三十四歲，從醫學院開始，幾段感情談得並不順利，所以目前仍單身。單身有單身的好處，但相對的也有其缺點，尤其在忙碌的工作告一段落後，獨自吃著難以下嚥的便利超商便當，那種寂寞的感覺有時眞的蠻不是滋味的。

還好，我還有一個業餘的興趣，是關於推理小說。這是從醫學院求學時期就培養出來的嗜好。雖然工作忙碌，這些年來，這個興趣始終伴隨著我度過忙碌寂寞的時光。

三年前，我在工作之餘成立了個人推理小說的網頁：「佛洛伊德的推理世界」，固定在網路上發表個人閱讀推理小說、觀看推理電影的心得。當然了，頂著C教學醫院的精神科主治醫師的頭銜成立推理網頁，總要避免落人不務正業的口實，所以這個網頁中有相當的篇幅是關於精神科學的介紹與學術討論。

我在網頁上設了兩個留言版，一個是推理小說留言版，另一個是精神科的留言版。我會固定到兩個留言版去留言討論。精神科留言版多半是解答精神科的疾病諮詢，所以往往不像推理小說留言版生動活潑。網路世界有其無窮的魅力，藉由這個媒介，我認識了相當多素未謀面的網友，不管是推理小說，還是精神科學。

日子過得當然就有趣多了。

或許別人難以理解，忙碌的醫師怎麼會有空閒架構這種「消遣」的玩意。照理說，不是每天都身心俱疲嗎？沒錯，看診、查房、研究、寫論文，加上開會，幾乎佔掉生活中大部分的時間。但長久以來對於推理小說，我存有一種「偏執的興趣與眷戀」。

興趣使我生活不會無聊，讓我的生活跟其他的醫師比起來，增添了不同的色彩。

我看推理小說，喜歡分析犯罪心理與動機。我甚至在醫學人文的學術研討會，發表過相當多以推理小說或罪案實錄爲出發點的犯罪心理學論文。近幾年來，醫學院的醫學倫理與人文課程有大幅度的變革，所以我在不少醫學院除了本職的精神科學講授外，還受邀講了幾堂

「推理文學與醫學」的課程。

所以儘管日子再忙碌，推理小說可以說是我生活中不可或缺的環節。過去在醫學院時代，我的室友們因爲推理小說這個共同的興趣，留下不少美妙的回憶。畢業之後，同學們分道揚鑣。雖然少了固定討論推理小說的對象，但對推理小說依然熱愛的我，卻因爲搭上網路興起的潮流而延續了對於推理小說的眷戀。

眷戀變成習慣。

每天我都會在晚餐過後，到幾個固定流連的推理網站瀏覽，順便更新自己的網頁，回應或發表留言。之後再沖泡一杯熱騰騰的隨身包咖啡，收發一下電子郵件，然後再閱讀一兩個小時的推理小說，或是觀賞一部推理影片，然後才收拾東西回到宿舍中。沖過澡後，再繼續準備隔天門診或是會議需要的資料，要不然就是閱讀一下精神科的專業期刊。

基本上，這就是我這個單身漢的生活與節奏。

外人看來，單調而乏味，循環而簡單。

這一天，我也是在辦公室打開電子郵件信箱時，右手按著滑鼠鍵，一路刪除垃圾、不重要的郵件，一直到我發現這封署名「推理迷王明億」，主旨是「請教一件如同推理小說謎團的事情」的郵件。

若非它這麼註明，我或許會把它當成廣告垃圾郵件刪除。

若非它挑明推理，我可能連打開郵件附件閱讀的耐心都沒有。

回憶當初對於出現在OUTLOOK的這封郵件，我一開始是抱持著悠哉、有趣、好奇、姑且看之的心理。

因爲對我而言，推理小說的相關郵件多半摻有友善的含意。

通常，跟推理小說相關的郵件，不外乎推理網友的魚雁往來，或是推理小說雜誌的邀稿，或是出版社的接觸信件。當然了，也會有一部份是推理迷針對我過去所寫的長短篇推理小說的回應信件。

無論如何，都是讓我有著趣味相投「收」與「發」的信件。

所以，這封註明「如同推理小說謎團的事情」字眼的信件，毫無疑問地扣住了我的注意力。

在等熱水滾開的空檔，我一口氣往下閱讀……

□

辣手摧花！醫學院花樣年華女學生慘遭姦殺

【本報訊】本該是寧靜的大學校園，如今卻成摧花魔手出沒的地方？K大醫學院校園發生了一起慘絕人寰姦殺命案，校園東北角的研究大樓地下室，兩名醫學系男性學生，在星期一例行的上課時間發現了一名女學生的屍體。

死者死狀悽慘，頭蓋骨破裂，衣著凌亂，底褲被褪至膝蓋。警方初步調查不排除死者生前慘遭性侵害的可能性。現場的跡象顯示明顯他殺的情景，凶器是遺留於現場的沾血榔頭。警方表示，死者死亡時間，應爲前一天深夜時分，亦即大約是星期六、日交接的時刻，至於死者爲何在這種時候來到假日並未全面開放的地下室，則需進一步調查。

死者身份後來證實是就讀醫學系的十九歲女學生張時方。據校方表示，死者爲一年級新生，生活交往單純，雖頗具姿色，但爲人謙和有禮、人緣極佳，上學期成績在班上表現十分優秀，會遭此橫禍，相識師生均表示難以置信。此事件對於校園安全機制的衝擊，校方深表遺憾。

由於醫學院屬於開放性空間，出入醫學院校園份子並未強查身份，而且附設醫院就在醫學院旁邊，病患與病患家屬的自由出入性使得警方針對此次命案的清查可疑份子的難度增高。且這兩天台灣精神科醫學會正巧在K大醫學院校園濟世大樓舉辦年度年會，尤其有一個單元「探討台灣性侵害防治與心理治療」的主題，沒想到近在咫尺的校園角落，發生這種殘酷的性侵虐殺事件，這無異是莫大的諷刺。

不過，最新消息指出，從警方初步調查、蒐證，進而清查死者的人際關係，警方已經鎖定一名可疑男子，破案指日可待。

這是七年前的C報剪報資料，我原封不動把第一則出現的新聞抄錄在這裡。

相當轟動的社會案件。電視新聞、平面媒體追蹤報導了好長一段時間，我想經由我如此提醒，藍霄先生應該記憶猶新吧。

時間會沖淡一切，這個事件在熱度上當然也如退潮的浪水，逐漸喪失人們的關注。

這則新聞的最後說：破案指日可待。

實際上根本不是這麼一回事，您可能也記得，這件案子據說後來的調查發展超乎想像。雖然警方沒有公開承認失敗，但我深知，以警方的辦案能力根本沒辦法解決，所以變成懸案是理所當然的事。

新聞中說：「已經鎖定了一名可疑男子」。這真是可笑，人是我殺的。鎖定？從頭到尾我就像是局外人般，沒有任何一個警察來跟我接觸，更不用說調查之類的事情了。

藍霄先生啊，我寫這封信的心情實在很矛盾，我其實是以平鋪直敘的口吻來說明我焦躁不安的內心世界。儘管我相信自己的身份，但由於現實的紊亂，或許會讓人覺得讀來牛頭不對馬嘴，但是我想，如果您能將我與您的角色置換一下，想像您自己正處於我的處境，那麼您或許比較能理解我描繪這件事的目的。

我是病人嗎？不是，絕對不是。

這也就是我為何要勾起這不堪回首的回憶的理由。

現在我如果出面承認這件姦殺命案是我做的，對於目前猶處於追溯期限內的我，絕對是自尋死路的瘋狂作法！

但是，我沒辦法。這段日子我受夠了！

既然大家都忘了我！我只好把記憶深處最能證實我王明億確實存在的事件血淋淋地挖掘出來。

因為那是事實，誰也塗抹不掉的事實。若我的人生尚存所謂的殺手鐧，那這件懸案就是能讓我我逆轉劣勢的殺手鐧。我只有靠著承認這件事，來證實自我的存在。

就算玉石俱焚我也無所謂。

這件案子發生時，我是醫學系二年級的學生，若不是我具有這種身份，那麼這件案子絕對無法成立，我才不是流浪漢。

往下說明時，我當然會提出有力證明我有罪的證據！

真是可笑，我越是有罪，表示我才是記憶正確的一方，我才是現實生活正確的一方。

不過……先生啊，看了上面我抄錄的新聞，您是否覺得似曾相識？台灣精神科醫學會「探討台灣性侵害防治與心理治療」這字眼喚起了您的回憶嗎？

我寫信給您，就是要喚起您的記憶，因為您是我的有力證人！

您可以為我的證詞作強而有力的加分！

因為，姦殺張時方的就是我，王明億。

然而，藍霄先生。

當年，您也有份！

□

我在打開截角，傾倒咖啡粉末的同時，看到了「藍霄先生，當年，您也有份！」這句話，原本悠哉拆封的隨身包咖啡粉末猛然灑了一桌子，只有少數傾入熱氣繚繞的熱水杯中。因爲我嚇呆了。

這是一封含有惡意的信件！

我趕忙把這封郵件在電腦視窗上展開，我並沒有繼續往下閱讀信件後面的內容，反而是拉到最前頭，再確認一次信件的寄件人與主旨。

我不知道其他人看到這種信件的反應會是如何？就我個人而言，的確如信件中所言，我是一直被信件內容牽引著往下閱讀。

這封信若是推理小說的開端，那倒是個相當有趣的謎團線頭。身爲推理小說作者的我，自信有一定的耐性來閱讀這種一般人看來如同惡作劇的囈語信件。

先不說這封信我從開頭讀起，每個細部地方的感想是如何。其實，乍讀這封信時，我對內容並沒有多作思考，但直到我看到台灣精神科醫學會「探討台灣性侵害防治與心理治療」之後，我整個心頭就開始緊緊衝擊悶響。之後，我閱讀的態度整個翻轉，對於「藍霄先生，當年，您也有份！」這句話，我就不再僅僅只是訝然了。

我可以感受到對方從鍵盤那端隱隱傳來的訊息。慌亂和恐懼在我心底逐漸發酵，火種被點燃，當然只有燎原。

我墮入七年前，悶熱的春夏交接之夜的回憶裡。

□

七年多前，因爲應徵考試的分數分發，我是在澎湖縣的P精神療養院接受第一年的住院醫師訓練。這年，台灣精神科醫學會年會，如信裡抄錄的新聞所說，的確是在高雄市的K醫學院舉行。

這年，我在醫院主治醫師指導之下，發表了「受性侵害十二例婦女之心理復健」報告，這是個人第一次在醫學會口頭發表論文。

澎湖縣不是屬於人口稠密的縣市，它民風純樸，治安一向良好，所以不像大都市社會人際關係紛雜，性侵害案例雖僅有十二例，卻幾乎是整個P醫院十年來的病例總整理。

既然是心理復健，便牽涉到受害者養成環境，以及之後生活背景等因素的考量。保守鄉村的婦女遭受性侵害事件，在復健上有其特點，所以我整篇學術論文是以這種本土觀點所提出的討論報告。

我記得當初的座長們，對於內容雖有其質疑之處，卻對於整體論文給予相當不錯的評價，與會的先進醫師不僅討論熱烈，也對我讚賞有加。

所以在發表論文的當下，甚至是會議結束後，我整個人都浸淫在飄飄然的喜悅當中。

那是個星期六的晚上，因爲隔天我已無發表論文的壓力，所以我是以輕鬆的心情參加學會的晚宴。

我記得當夜喝了不少酒。

因爲我是腳步虛浮，彷彿看到地面晃動似的步出飯店的餐會會場。

我的高中生活是在高雄市K中度過的。所以對於高雄市，我存在著家鄉般的情感，原本想趁這個晚上，好好再逛一次久違的高雄市區。

不過因爲酒喝多了，所以我只繞著K醫學院圍牆步行，打算吹著涼風散散心，隨意瀏覽一下高雄市的街景。

畢竟這種車水馬龍的景象，在澎湖是不可能看見的畫面。

時間是接近晚上十點，對於不夜城高雄來說，這個時刻並不具有任何的意義。

然而對於我，這卻是一輩子永存心底角落，揮之不去的陰影。

因爲在這個時刻，在城市黑暗的角落，我遭受到莫名的襲擊。

遭受到至今我仍不解原因的襲擊。

□

K醫院急診必然還保有我那天的就診病歷。

我是獨自步行到K醫院急診就醫的，也就是說我是在清醒的情況下，捂著後腦勺的傷口就醫。

應該是被鈍器敲擊的，照過X光，縫了十六針，除此之外我並沒有留下太多的紀錄。也就是說，我並沒有報警，第二天也沒再參加醫學會，對於他人的詢問關心，我也未置可否。

傷口雖疼痛，卻掩不住我內心的困惑與不安。

然而，這一切我都把它深埋在我七年前的記憶深處……

遇襲之後，我的錢包證件安好。

在城市陰暗的角落，猛然被人敲了一記，雖然沒有路人發現路倒昏迷的我，我還是可以自然醒來就醫，當然也沒有遭受到生命的危險。

這是突如其來的狀況。

只是，令我難以啓齒的是，我醒來時發現的己身「狀況」。

我實在不知該怎樣形容，才能讓自己好過些。

因爲我從昏迷中清醒，試著爬起來時，竟然腳步一個踉蹌。

遭受莫名重擊是一個原因，另一個原因是……我的褲子竟然被褪至膝下。

底褲也是。

……

我不知道我該不該用適當的名詞或是形容詞來描述這令我困窘的狀態。

亦即，我若是個女孩子，那這是典型遭受性侵害的態勢。

可是……

會嗎？怎麼會呢？不會吧！不要！絕對不是。

雖然在昏迷之前，意識朦朧中，我除了聞到嗆鼻的藥水味之外，依稀似乎有人撫弄過……我的生殖器。

這……

我不要！不會吧！絕不可能，沒有理由。

這些年來，我把這些令我深深覺得丟臉的念頭通通擠壓進記憶的深處，狠狠地鎖起來。

直到王明億這封電子信件出現，不安的念頭逾越過記憶禁忌的城牆，如墨水醮濕般，快速擴散開來。

□

藍霄先生，您也有份。

雖然我並不在您的身邊，但我有一定的把握足以揣測您看到這句話的反應。

我想您八成知道我要說什麼。呵呵，畢竟這是我們之間七年來，無人知曉的秘密哪。

既然要請您幫忙，這時我反而又希望您能以精神科醫師立場來聆聽，給我這個不是病患的病患一點協助。所以我們雙方實在應該拋開當初門診間的尷尬與陌生，掏心掏肺來分享彼此的內心世界。

我的世界，我了解，您也即將了解。將我遺忘的其他人會怎麼想，我不管了。因為您是我的王牌，在河的這一邊，我有把握，我倆可以站在一起。

我先講講……講講我姦殺學妹的那件事。

唉，沒想到我現在用「姦殺」這個詞來講這件事，好像一點羞恥心都沒有。藍霄先生，犯罪者其實還是有基本的羞恥心的。急於證明記憶無誤的我，如果讓您覺得不舒服，希望您能把它當作是件情有可原的事情。

關於死者──張時方，或許時間已經沖淡了一切，但是那天的情景，身為犯罪者的我，只能得意的偷笑，因為我心裡的這段記憶並沒有被時間塗抹掉。

愛情，唉，愛情到底是什麼？肉慾與愛情到底有什麼差別，並不在我這封信想要辨明的主旨裡。

不過，我，王明億，對於張時方有無盡的愛。同時，我得承認，我對於她肉慾的邪念，超過了愛情的界線，才會使我鑄下不可饒恕的過錯。

其實，當初會犯下這糟糕的過錯，歸根就底在於我對於張時方的愛是「單面」的、「暗地」的，甚至是有點不光彩的。

她是風姿綽約的美女。我知道我隨便拈來這個詞來描述張時方或許可笑，但是我卻覺得這真是神來之筆。張時方死時才十九歲，或許您會質疑，這種年紀的女生哪來「風姿」可以「綽約」呢？藍霄先生，請您記住這個形容詞，如果你有機會，嗯，一定會有機會的，接觸到當年事件的其他相關者，請您一定要先詢問他們，我這個形容張時方的詞，是不是使用得很貼切？

她就是這麼的不一樣。

我是在系辦迎新的場合注意到她的。當然，其他人會被她吸引也是理所當然的。前面那張剪報所言「人緣極佳」，可能指的就是這種情況。我不知道美女在自小成長的經驗中，該如何去處理自己的人際關係。不過，張時方的應對與表現，實在沒有話講，得體的應對與言談更是讓她的魅力加分不少。

所以了，這也是張時方死後，警方清查她的人際關係卻查不出個所以然來的原因，因為她就像一般單純的大學女生。換句話說，警方因此而以為是校外歹徒所為，但那是完全岔了方向的辦案。

偷偷觀察她、暗戀她的我，才是真正掌握破案之鑰的人（這根本是廢話，因為案子就是我幹的。）

對於長相，我相當的自卑。對於異性，我遐想，也有衝動。但是自卑使我壓抑，我書唸得好，成績表現一流，這都只是代償作用所致。從青春期開始，我在識與不識的異性面前表現拙劣，那是只有我自己才知道的窘態。漂亮的張時方與醜陋的王明億剛好是個對比，這種對比使我對她有一見鍾情的暗戀外，還有更深一層難以釐清的情愫。

或許是這種情愫，使我變態。

我若是有病，那麼在七、八年前，我就已經病了。不過我的病是某種層面的性變態，不是過去藍醫師您給我的「精神分裂症」的診斷，也不是我剛剛所講的「解離性失憶症」。我變態？是的。我就是一個徹底偷窺張時方的變態。

偷窺未必是變態，但是既然後來發生了姦殺這種事，溯及既往我的行為就是變態。

從初見張時方開始，我就開始我的瘋狂行為。

我的瘋狂，沒有見證人。唯一的見證人，就是死前驚惶失措的張時方。

我其實一直遠遠地觀察記錄張時方，我就像野生動物的生態觀察家，張時方就是我的學術研究「動物」。

食衣住行，上課娛樂……她大大小小的瑣事，都紀錄在我的觀察日記之中，我盡量隱匿我的情感與行蹤，完完全全沒有讓人知道我在幹什麼。

那段日子裡，感覺上我似乎就像是為了紀錄她而活著，暗地裡呵護她，隨著她的喜怒哀樂而心緒起伏。這種好像追逐偶像明星的狂熱粉絲才會有的行為與心理，我能體會，身為精神科醫師的藍霄先生應該也能體會。

當然我了解，也得承認，凡事都有其驅動力。觀察張時方，就算她不知道我在暗處觀察她，我依然可以獲得所謂持續不懈的驅動力。

我的驅動力就是性衝動！

不知為何，觀察她紀錄她，我就會興奮異常。偷窺是其一，但是翻揀張時方丟棄的垃圾，我竟然會興奮到不行……我想來想去，原來變態的衝動就像是誘人的毒蘋果……

我漸漸沈迷其中。那時我醫學院二年級，獨來獨往，別人或許認為我個性孤僻，但是我這種偏差的嗜好，卻讓醫學院生活的苦悶得以宣洩。

張時方可能根本不知道有我這個天字第一號愛慕者的存在。我是學長，陌生的學長，我跟她到底面對面單獨講過幾句話，扳扳手指頭都可以算得出來。

不過，講不講話無所謂，因為……在觀察記錄的開始，我就獲得了難以置信的禮物，這是老天為了悲憐與慰藉變態的我付出的苦勞而賞賜給我的吧。

那天，細雨紛飛，冷風襲人。在張時方丟棄她的垃圾後，守候在張時方宿舍附近的我，就像流浪的惡狗般鬼祟地湊上前去翻揀。

我看到了一件令我意外的東西。

相當地不可思議。

學妹怎麼會有這種東西？她才十八、九歲。

一件黑色的T字形底褲，也就是俗稱的丁字褲！

這……

幻想意淫的我，就像真的瘋了似的，對那布料少的可憐的東西，竟然興奮異常。

那是不協調的情境，因為人與物我沒辦法相連。

以性理論來說，所謂性衝動與幼時印痕記憶有關，我不知道我這種反應是不是真是如此？又何以如此？這我不管了，我覺得我的壓抑在那一晚爆發了。

我自瀆了。

想來真是可笑。

那幾晚，我就像墮落的窮書生，日夜顛倒地耽溺在我假想的世界裡。

我依然偷窺，跟之前有所差別的是，對於我的女神，我戴上了異色的眼鏡。

醫學系二年級，正是學習組織病理的階段，所以每天觀察顯微鏡下的枯燥世界，是那段日子每個醫學生必經的過程。

墮落的我，也不例外。

黑色的丁字褲，自瀆的我，燈泡枯黃的顯微鏡，氣息紊亂的房間。不知情的人哪會認為這是醫學生該有的生活空間。

不過，也是在這種氛圍下，我徹底地了解了自我。

我竟然是「無精蟲症」患者。

深夜，伴隨著黑色夢魘的錯亂情緒，輾轉難眠的我心血來潮把自瀆的液體置於玻片上。

顯微鏡下，一片空白。教科書上蝌蚪狀精蟲，一隻也沒有。

衝動無意義的舉動，卻得到讓我嚇了一跳的結果。

從否認到承認，中間經歷了內心多少的苦痛掙扎。我想，只要是醫師都可以將心比心地了解。

然而，這件事並不影響我對於張時方深深的愛戀之情。

莫名的殺意會在我心中漸漸形成，是在那個人出現在她身邊以後。

我為什麼會想殺了她？姦殺了她？其實跟我前面的描述都沒有關係，因為前面的描述都是在說明我對她的愛。

我當然不是臨時起意的衝動殺人。

在我的同班同學周國棟出現在她的身旁時，我的殺意開始醞釀。

理智一旦決堤，我就無法再抑扼殺人計畫的醞釀與籌備。

□

對於張時方精神上的奉獻，我堅信沒有人可以與我相比，也就是說，我們倆人在精神生活上已經合而為一。

雖然才短短幾個月，我卻覺得我們的相遇是上天所打造的，如同夫妻般的完美契合。

這雖是我的初戀，卻是生死奉獻的愛。

這種愛，空間擁擠，哪能容下第三者呢？「窈窕淑女，君子好逑」，這我瞭解。值得我奉獻的女神，我當然有肚量允許其他人共同頂禮膜拜。

但是，膜拜是一回事，如果逾越了我的忍耐底線？很抱歉，我絕不允許！

別忘了，凡事也有個先來後到。對於張時方私密的一面，我絕不允許有人超越我的奉獻，這對我與張時方精神上的愛，是無比的褻瀆。

令我生氣。生氣！生氣！我真的非常生氣！

我永遠不會忘記，大雨滂沱的夜裡，我翻找到那個匿藏在垃圾間的保險套。我第一次感到噁心。

這種東西怎麼可以出現呢？那是令我幾近休克的東西，我真的想吐！

不是因為味道，也不是因為滑膩的不舒服感覺，純然是因為氣血充門的惱怒。

每次周國棟在張時方住宿處過夜，就會出現……

我氣憤的不在男女之間的性行為，而在周國棟認識張時方的時間。因為我詳細計算過，從兩人互相交談到我發現垃圾中的物件，只不過三天過十七個小時五十二分。

怎麼可以這樣?!張時方怎麼可以這樣？難道我每天心電感應賦予的情愫關懷，她全然沒有感受到嗎？

虧我還在一個星期前，有意無意製造一個讓我踏出幕後與她邂逅的良機，她怎麼可以隨隨便便把這種真正男女主角驚天動地的邂逅，草率不堪的結束，而讓一個跑龍套的角色把浪漫的氣氛全然破壞殆盡。

我絕對不會原諒她。

至於那個跑龍套的周國棟，我根本不把他放在眼裡。他有什麼好得意的，因為他跟我一樣都是「無精蟲症」的患者。我檢查過他的精液，他跟我一樣。相對於張時方，我並不怪他，尤其是我心血來潮的檢驗，更讓我的不平稍堪藉慰。

更何況，我要懲罰張時方對我的不忠！這是我的劇本，我連一個龍套的角色也不會給周國棟！想都別想。

我的心情在我打算懲罰張時方起，就逐漸亢奮起來，我也從不甘、心碎的深淵輕易的掙扎出來。

我是儀式的化妝師。想來想去，我需要一個人來扮演完美收尾的角色。

這個人，當然也要是男人。

所以，藍霄先生，幸運的是，我選擇了您扮演這個理想的角色。

藍霄先生，看到這裡，我不知道您作何感想？

當時，若是被魔鬼欺佔了我的心靈，我也甘願，因為我得以欺佔了張時方的軀體，這讓我七年來活得理所當然，心平氣和。

這七年來，我之所以能生活愜意，不至於心驚膽跳的過活，都得歸諸於您所扮演的完美收尾角色。如果這是犯罪心靈的處方籤，身為精神科醫師的您，對於當年的處方，我想您雖然心不甘情不願，但是以殉道者奉獻肉體般的職業道德來回顧，或許您這時能超脫世俗的一般想法也說不定吧。

□

當天的情境，嘿嘿嘿，以現今的記憶再次回味的話，那還真是無窮無盡的美好。當然了，這是從我這個犯罪者的角度來說。

我殺了她，姦殺了她，毫無妥協地，嘿嘿嘿嘿嘿嘿……

我當然知道，事情演變至今，不在結果，而在過程。嘿嘿，很抱歉，藍霄先生，過程我不會告訴您的，因為那是我辛苦的成果，我要一人獨享。

就算有您一份，我也不會讓您分享。

您參與的一份在哪裡？既然您一直以創作推理故事的推理作家自許，我寫到這裡，還需要我贅言點破嗎？

您要不要洗把臉，擦把汗，再回頭來往下看呢？啊，我發現時間已經晚了，雖然我情緒正在亢奮中，但是說實話，我到底要不要一次把自己在您的面前剖析個痛快，還是之後再分段描述呢？我有點猶豫了。

啊，這真是奇妙的告解過程。想開始我還一把鼻涕一把淚地，連打字都打不下去，只不過幾個時辰，我的心境已經大不相同。

或許下封信，我再繼續講下去。時間不早了，咱們不妨給彼此一點喘息的空間，或許主犯與從犯之間，也需要一點時間來再度建立已嫌陌生的默契。

不過，怕您難受，我還是得先提一點。這一點，我不知藍霄先生一路閱讀下來，是否還掛念在心嗎？還記得稍早前我提到：為何我當年必須是K大醫學院醫學系二年級的學生，才可以是這件命案的真凶？嘿嘿，藍霄先生，或許後來您已經不太在乎這點了，但是別忘了，這封告解的信，可是針對抹殺我個人身份記憶的謬誤為出發點的，我講的種種都是為了推翻別人謊言所做的反證！

醫學系二年級？很簡單。

張時方陳屍的地點，前面報紙提到是研究大樓地下室。

警方講的不清不楚，報紙報導的也很曖昧。

您如果有興趣真正了解這件案子，請不要囿於浮面的報導。

這件案子之所以成為懸案，如前所言，在於案件始終有著無法合理解決的部分。如果說，命案的關係人有一百三十七人，那也就是說警方當初將兇手設定於在這一百三十七人裡，因為這一百三十七人符合成為兇手的必要條件。

然而在一一清查兇嫌的可能性後，這一百三十七人涉嫌的可能逐漸被排除了。

那麼，我請教藍霄先生，這當中發生了什麼事？

很簡單，警方始終漏算了我——王明億！

我，王明億，是當初醫學系的一員。

也就是說，當年，醫學系是一百三十八人！

□

把這封信來回看了幾次，在辦公室中疲累的我，原本就昏昏沈沈的腦子，此時更加頭昏腦脹。

我用印表機把它印了出來。

跟一般的電子郵件沒什麼兩樣。

「會不會有續章再寄過來呢？」我心中浮現這個念頭，所以再度按了「傳送與接收」的按鈕。

「沒有新郵件」。

從信件的語意中，對方似乎並沒有將整件事情交代完結。感覺上，他應該會再度來信才對。

隱隱然牽扯到我的部分？老實說，瞬間是讓我覺得不安，不過，當我沈澱下心情，把這封信看過幾遍後，我感覺這封信的內容明顯透露著奇怪。

但是我又有一種說不出來的感覺，畢竟在初次閱讀時，它讓我莫名慌了手腳。「王明億」，這又是誰？要追尋電子郵件的來源，要說困難是不難，說簡單卻也不簡單。

我印象中不記得這個名字。

不過既然他說曾看過我的門診，而且時間上似乎是去年十二月七日以後的事情，要查並不困難。只不過現在已是下班時間，一時也聯絡不到科秘書。所以我步出辦公室，到護理站的電腦前，經由醫院的個人帳號管理系統，查詢這段時間以來，我個人的門診病人清單。

是有一個「王明億」。查詢電子病歷，得出那是個七十二歲的老先生，有輕度的憂鬱症，是初診的病人，所以初步的問診是由住院醫師完成的。我看了一下病歷記載，似乎不是寫信給我的這位「王明億」。

既然是署名「王明億」，名字應該不會寫錯吧。不過，我還是找了一下類似名字的病患病歷，依然是毫無頭緒。

把時間往前推展搜尋，也沒有找到預期目標中的人物，此外從病患的名字拼音來搜尋本院病歷號碼，出現六個「王明億」，但從就診資料來看，似乎並沒有符合這位寫電子郵件給我的病人。

這是怎麼一回事？

或許是從急診收住院的病患？我接下來查住院病人名冊清單，只是，往這條線找下去還是徒然。

這就奇怪了。

我待在電腦前忙了半天。僅僅只是找尋來信者的資料，這封信的可信度就明顯地大打折扣。

寄錯了嗎？不會啊，「藍霄先生」幾個字可是再清楚不過。

還是「惡作劇」？如前所言，這封信有「惡意」，內容卻不是一般惡作劇信件那麼簡單。

就是這種矛盾交雜的心理，讓我對於這封信始終無法漠視。特別是「藍霄先生，當年，您也有份」這句話，雖然講的曖昧未明，卻是直刺我內心最深層的私密處。

我又把信件看了一遍。

既然裡頭提到了「精神分裂症」……我改變搜索方向，找尋這段時間，我門診中經由診斷後，病歷疾病診斷碼出現「精神分裂症」的求診病人。很快地，螢幕上出現了一大串病歷號碼。

先縮窄範圍，從初診病人調閱起，再擴展到複診的病人……

一個主治醫師在下班時間，幾個小時一直待在護理站電腦前查詢資料，不免會引起護理人員的注意與關心，可能也因為我的臉色不是很好看的關係吧。

時間分秒流逝。

「還是沒有這個人？」我吐了一口氣，瞪著電腦發呆。

這時，這幾個月跟著我門診教學的住院醫師李育哲從我面前匆匆而過，值班的他可能正要去處理急診的case。我喚住了他：「李醫師……」

「學長，這麼晚了，怎麼還在這裡？」

「你現在有空嗎？我有事情請教你。」

「喔，那我先去急診處一下，有個病人住院單忘了簽章，我下去辦一下就過來。」

「沒關係，我跟你過去，我們邊走邊談。」

「好啊。」

□

「沒這個印象呢，學長。」李醫師搔搔腦袋說。

我先是探詢這段時間內有沒有類似王明億主訴的求診初診病患，雖然不太適合全盤說出我想查詢此事的緣由，我還是擇要探詢了在這段時間內幾乎是我副手的學弟。

「學長，有事嗎？還是我出了什麼槌？」

「喔，沒有，沒有。」

「幻聽、妄想、記憶錯亂、藥癮者、精神分裂症……在學長門診是很常見，不過幾乎每個初診病人，我都詳細記錄下他們的訪談內容。雖然我是有作一番刪減，不過，重點都有紀錄到，學長您看病歷也知道我龜毛的毛病。這段時間中，似乎沒有這種病人，那個王明億若眞有這方面的陳述，我只要聽過一次，印象就會十分深刻。像前一陣子那個三太子附身的case……」

「看來你的記憶和我差不多，我也沒這個case的印象。」

「學長，要不要我幫忙去調這段時間的紙本病歷？還是……」

「謝謝，我看暫時不需要。」

「對了，跟我初診的是美眞小姐。如果我看漏了，問她也可以。」

「OK，你忙好了，謝謝你了……對了，你如果想到什麼，隨時聯絡我，若我不在院內，請總機呼叫也可以。」

□

沒有這個人。

來信言之鑿鑿，煞有其事。

現在台灣社會詐騙集團伎倆層出不窮，或許這眞的只是一封網路垃圾信件。就只是最初步的探詢來信者存在的眞僞，就輕易地推翻眞實的可能性。所以，我因此也沒有心思再繼續追究這封信件內容的邏輯與可信度。

儘管如此，「藍霄先生，當年，您也有份」這句話，始終在我心裡縈迴不去。

第二章 眩暈的牛頭馬面

收到電子郵件的隔天，我雖沒有忘記昨日的信件，但是開會、查房、門診……我單調的生活行程並沒有多大的改變。王明億也沒有再度來信。

再隔天，我的電子郵件信箱還是沒有收到王明億說要寄來的信件。

就在收到電子郵件的一個禮拜後，我發現，這件事情在腦海中的記憶就如同我對電子信箱中其他累積的信件一樣，逐漸淡去。

日復一日地忙碌，自然而然會使我忘掉這類看似不重要的生活事件。

生活中很多事情何嘗不是這樣？

直到六月十五號，有兩名刑警在我下午門診告一段落，透過門診報到處的小姐，表達想要拜訪我。一瞬間，我心裡突然有厄運即將襲來的不妙預感。

刑警？不諱言的，一知道有刑警來訪，我的心臟噗通噗通地跳著。

對我而言，在推理小說的閱讀與創作中，刑警並非陌生的名詞，而且在現實生活裡，我跟警界人士也難以避免地會有社交上的往來。我此時心底究竟在緊張什麼？

爲什麼會這樣？一時間我也說不上來自己究竟在擔心什麼？相對於我的莫名緊張，兩名陌生的刑警的表情也同樣透露出與醫師對談的拘謹。

「藍醫師，眞是不好意思，有件事要請教您……是這樣的啦，昨天上午本局接獲報案。在三民區同盟路路旁的草叢間發現一具路倒的無名屍，死因未明，身份也無法確定。在程序上，我們需要您專業的幫忙。」年紀較大的刑警說。

「程序上？」

「是這樣的，因爲是無名屍，身份沒辦法確定，法醫部分沒辦法有效勘驗，進而開具死亡證明……」

「喔？那跟我……有什麼關係？」

另一個留著鬍子的年輕刑警接著說：「其實我們只是希望藍醫師協助我們，就死者的身份上再確認一次。我直接講清楚一點，這種路倒的流浪漢，其實社會局都有造冊……」

「流浪漢?!」

「怎麼了？藍醫師？」

「沒……沒什麼。對了，既然是無名屍，你們怎麼能肯定說是流浪漢？」

「是這樣的，依我們的承辦經驗，流浪漢的衣著裝扮，當然可以一眼判斷出來。你的疑問我們知道，我們不僅比對了社會局輔導名冊上的檔案照片，連各警局的失蹤人口報案紀錄也一一調查過。只是這兩天來，一直比對不出死者的身份，這樣子根本沒辦法結案。」

「那這……又跟我有什麼關係？」

「不好意思，一直沒講到重點。是這樣的，死者身邊有一封像是遺書的信函，封死的信函上寫著：C醫院精神科藍霄醫師親啓。」

「給我的？」

「是的，所以我們一直沒有拆封。」

「既然有遺書，那就是自殺吧。」

「這樣說是沒錯，但是……」

「但是什麼？對了，遺書有帶過來嗎？」在刑警面前，可能是職業上的本能，我的態度顯得強勢。

「有的。」

我接過信封，以粗魯的動作撕開，把紙片抽出。

我很失望，藍霄先生，

對於我的苦悶與無助，你全然的漠視。

我很失望，藍霄醫師，

對於病人的苦痛，你忽略冷淡，你愧為醫者！

我抬起頭，刑警目不轉睛地望著我。

「寫些什麼？」

我把紙條遞給他們，對方動作很快地傳閱。因爲沒有多少字，所以很快就看完了，兩人都是同樣詢問的表情。一時之間，我眞的不知道該如何正確回應對方詢問的眼神。「刑警先生，不是昨天就發現了嗎？爲何到現在才通知我呢？」

「喔，眞是不好意思，藍醫師，會拖到現在是有原因的。死者，嗯……是不是就叫做王明億？死的樣子很奇怪……相當奇怪，我幹刑警的日子不算短了，但是我從沒看過那樣的自殺屍體，因爲……死者的頭與身體是分離的。」

「分離？」

「是的，也就是一般人說的身首異處。頭顱滾落在屍體旁七八公尺處。這種陳屍方式，就算現場有類似遺書的信件，說是自殺，當時所有在場目睹死者慘狀的人，是沒人會相信的。這也是我們刑警會接手這案件的主因，因爲明顯看得出來，這是件慘絕人寰的凶殺案，所以這封信我們並沒有立刻帶過來的原因就在這裡，我們是把它當作證物暫時保存著。」

在年紀較大的中年刑警說明的片刻，那個留著鬍子的刑警退到一旁使用手機，我想他或許是在確認「王明億」的身份。

「藍醫師，這位王明億與你的關係是？」

「我並不認識他。」我不知道我這樣算不算是說謊，但是我不知道現在還有什麼答案會比這樣回答還妥當？

對方不經意般地拿出隨身筆記本與筆。「是你的病人嗎？」

「不是。」我回答地斬釘截鐵。

「那你見過這個人？」刑警冷不防地遞出一張相片。

我不知道他這個動作是否有哪方面辦案考量的意圖？因爲他遞過來的是一張可怕的現場蒐證照片。一張死相猙獰的頭顱分離照片。死者露出眼白，鬍渣散佈，臉色黯淡，脖子以下的切口淌著血跡。

就算是以醫生爲本行的我，還是感受到這張照片散發的可怖感，非常強烈的震撼衝擊。

這就是他們先前所謂的死者身首異處的照片。

但是我所感受到的震撼和衝擊卻是：這個死者……我覺得「可怕的眼熟」！

腦海中瞬間浮現出無數個問號。

從電子信件到身首異處的屍體，刑警的到訪似乎是將兩個事件連繫了起來。但是對我而言，這樣一來卻令我更加疑惑。

我發現刑警在窺視我的反應：「這個人，藍醫師認識？」

「我……這是你剛剛所說的路倒的死者？」我反問。

「是的。」

「我是覺得有點眼熟，但是我一下子想不起來。他就是王明億嗎？」

對於我的反詰，刑警表情似乎有點訝異。

這時那位留著鬍子的刑警回來了，他對著中年刑警咬耳朵，低聲說著我聽不清楚的話，只見中年刑警點點頭。

——我眞的想不起來這個人，他眞的是「王明億」嗎？你問我，我一時之間要去找誰給我正確答案？不管怎樣，「王明億」這三個字，因爲這星期前後莫名其妙的兩個事件，就這樣如瘋狗浪潮般侵入我原本單調單純的生活當中。

——但是怎麼那麼面熟啊，是我的病人嗎？精神科醫師是每天接觸陌生人的職業，有時見到某個面孔往往一下子會覺得面熟，會有這種反應也是理所當然的啊。

——我該提到那封電子郵件嗎？問題是，裡頭牽扯到我的隱私……

——現在講明白，好嗎？

短短時間內，我的思緒和疑惑快速地在腦海中打轉，直到中年刑警叫說：「藍醫師……藍醫師……」

我這才回過神來。

「藍醫師，我再確認一次，您知道『王明億』這個人是誰嗎？」

我搖搖頭。

「那麼，照片中這個死者呢？」

「雖然我覺得眼熟，但是我眞的不認識。」

中年刑警點點頭：「我想也是……不瞞您說，從您剛剛拆封的信件，我們得知死者的可能名字。剛剛我們回電請同事調閱查詢，高雄市社會局遊民資料是有王明億的照片。路倒的無名屍面孔雖然明顯有著被野狗咬噬過的痕跡，但是還是跟我們同事對於遊民資料裡，王明億相貌的描述有明顯的差異。」

「哦，怎麼會這樣？」我說。

「我們暫時也不知道。不過，或許這樣才比較合理。」

「比較合理？怎麼說？」

「因爲法醫昨天在現場勘驗，提出一個事實。那個死者的頭顱與軀幹對不起來！分離的頭顱脖子下緣切口孔徑，與軀幹的切口孔徑並不吻合。也就是說，在驗屍的時候，就已經發現頭顱與軀幹是分屬於兩個人。」

我啞然。

杜撰推理小說與親身牽涉於社會兇殺案件當中，兩種心理感受是截然不同的！以創作閱讀推理小說爲興趣的我，一旦在現實生活中聽到這種事情，活生生、赤裸裸的不舒服感直接衝擊而來，我只有沈默以對。

「藍醫師，我想再確認一下，您前天午夜至清晨這段時間在哪裡？」刑警還是很客氣。

「在宿舍中。如果你是想問我的不在場證明，單身的我沒有明確的證明。不過，我可以告訴你，我不會做這種事情。」

「據法醫說，雖然頭與軀幹並不吻合，不過死者的頸部切口相當整齊，而且頸骨韌帶關節的分離相當專業，兇手似乎具有相當水準的人體解剖學知識……」

「你在暗示什麼?!我不會做這種事，雖然我本身也寫一些推理小說，但小說是小說，現實是現實，我絕不會笨到去做這種傷害不相識的人的蠢事。」我有點不高興。

對方似乎感受到我語氣中的不快。

「那……今天打擾了藍醫師，眞不好意思，若您事後想到什麼，不妨打電話給我們。」

對方遞給我一張名片，我這才看清楚這位中年刑警的稱謂是：「高雄市刑事警察大隊偵一隊　謝賓霖」

□

刑警離開以後，我到醫院地下室的便利商店購買了幾份報紙。

這件怪異分屍命案，在每份報紙的社會版都佔著醒目的位置。雖然案情並不明朗，但是因爲案件本身怵目驚心，媒體會如此大幅度報導並不難想像。只是在刑警拜訪過我後，我不由得對這個案件多了幾分專注。

如果沒有一個星期前的電子郵件，如果沒有兩位刑警轉交的遺書般的信函，忙碌的我根本不會費心去注意這是怎樣的事件。閱讀推理小說與實際生活乏味的罪案實錄根本是兩碼子事。雖說社會上的兇殺案件有時是創作推理小說的靈感來源，但實際上，大部分的案件，我根本沒興趣去了解探究。只是這次被尷尬牽扯其中，不管我究竟是招誰惹誰，我逐漸被一個莫名的怪異事件的漩渦捲進去，這是不爭的事實，現在我該怎麼辦？

——爲何要寫給我呢？我看著這封信發呆。

——王明億？根本找不到這個人與我有關連的點。

——還有那個頭顱是誰的？我怎麼那麼眼熟。

既使刑警已經離去，我的疑惑卻未消失，反而更加加劇。

我匆匆地回到辦公室，打開上次那封電子郵件。好歹我也是個講究邏輯分析的推理作家，我決定認眞地再度來看王明億的電子郵件。上次的初步調查雖然草率結束，然而現在我告訴我自己：管它是怎麼一回事，既然挑釁般地接連兩個事件都挑上我，我沒有退縮的必要，身爲醫師與推理作家雙重身份的我要有基本韌度的心理狀態。

肚子有點餓，先吃飯再說。

想到這裡，我發現這時的我心情從谷底攀升，充滿鬥志！

□

既然兩封信都提到「王明億」……

我決定再次從這裡著手！

我當初因爲在醫院裡找不到王明億的資料，直接推翻了王明億是我病人的可能性，對於來信內容的可信度大打折扣，所以便單純地以爲是惡作劇的無聊信件，那時根本沒有興趣再繼續探究內情。

可是到底有沒有「王明億」這個人？

等等，剛剛刑警提到社會局遊民名冊有「王明億」的資料。這意味著什麼？

在本院沒有王明億的就診資料，並不意味著世上沒有王明億。而且比對他寄來的電子信件的內容，遊民這部份似乎是眞實的事情。

雖然王明億在信件中不承認自己這種身份，然而，如果他眞的接受過精神分裂症的診斷，會有這類自我否認的念頭也不是不可能。

從這點來分析那封「惡作劇」電子信件，看來我是輕忽了。

當然，請您相信我，我以下所陳述的句句是實言，決不是欺詐的詭計。更何況我相當明白，要拐騙欺瞞以寫作推理小說為副業的精神科醫師您，無異是自取其辱。

電子信件開宗明義這麼寫。老實說，除了整封信瀰漫不可思議的氣氛外，某種層面上，寫信者是相當認眞地寫這封信。這是再度把信件逐字閱讀過幾次後，我始終存在的感覺。

如果撇開信件中王明億身份迷失的可能性，裡頭提到K大醫學院女學生張時方命案，再加上今天刑警帶來的身首異處的兩名死者兇殺事件。目前爲止，已經有三條人命牽扯其中。

儘管百般不願意，只是此時不管說什麼，我都不能再置身度外了。

要主動與警方合作嗎？然而七年前的事件是我內心的痛，儘管身爲精神科醫師，這職業上的優勢並沒有帶給本質脆弱的我多大的幫助。

王明億信中隱約的惡意，這是只有我才能感受到的事情，我想暫時還是靜觀其變好了。

打定這樣的主意後，我決定自己來調查這件事。於是我先把醫院的瑣碎事情告一段落，驅車往市立圖書館。首先需要調查的事情是：那件「張時方命案」究竟是怎麼一回事？我雖然對當年案件略有印象，但或許到圖書館把當年的資料找出來完整整理一下才能理出頭緒。

以前爲了創作推理小說，不乏調查、搜尋、整理寫作資料的經驗，所以此時要調查過去命案的相關資料，我並不覺得難以入手。過去難免流於紙上談兵，這次可是身體力行。當然這已經不是遊戲了，確確實實喪失三條人命，既然我已被牽扯進去，實在沒有退卻的必要。

□

我先試著從網路上搜尋當年張時方命案的資料。可是七年前的事件，網路搜索引擎的資料闕如，只好先從報紙方面著手。

當初的事件，是轟動的社會案件。而且因爲發生在醫學院，我曾特別注意，所以時至今日，我仍有相當的印象。

王明億的信裡也有一份當年事件的新聞剪報，內容與我的印象沒有多大的出入，只是我根本沒想到當年我難堪的受襲遭遇，會與這件過去的命案牽扯上關係；我當然更無法料到，在七年後還會因爲這封莫名其妙的電子郵件重啓疑惑。

因爲有印象，所以找尋相關的紙本資料並沒有遭遇多大的困難，我把圖書館中當年的報紙資料與雜誌，任何跟那次事件有關的大大小小的報導都鉅細靡遺地整理歸納。但是隨著整理過程所逐漸累積得出的細節，我相當訝異的發現，這案件當年會成爲懸案，是有警方難以克服的不可思議的因素在裡面。

我的眉頭因爲資料的累積而困惑，進而深鎖。透過鉛字與當年的命案重逢，身爲推理小說作家的我發現，自己當年曾如此「逼近」過事件謎團，而卻毫不重視的予以忽略，忍不住覺得自己眞是糟糕的粗心。

某大報的報導標題用「眩暈的牛頭馬面」來報導當年的命案。爲何會有這種名稱？通常科學上無法解決的謎團，穿鑿附會的神鬼之說就會不逕而走。換句話說，張時方命案不僅對當年偵辦的警方帶來衝擊，甚至對於前來引領受害者冤魂的牛頭馬面，也會因爲此次事件的複雜性而感到頭暈目眩。連身爲推理作家的我，原本自信有一定的智力足以了解案件中費解的部分，也……

我想，「消失的兇手」和「倒錯的密室」或許是這樁案件七年來始終是懸案的原因。

□

我先說明一下張時方的陳屍現場吧。老實說，當我翻到當年那本大開本的八卦雜誌，發現上頭竟然有詳盡的命案報導與一目了然的現場構圖時，我的注意力完全被吸引住了。

我原封不動把這張現場地圖影印下來，並用黑色簽字筆加以註釋說明。

張時方是陳屍在研究大樓地下室一樓，醫學系八十四年班的系辦公室中。

研究大樓是一棟樓高八層，圓柱狀的建築物。（見圖一）一樓與地下室是分屬各學系的系辦公室和學生社團活動室，總共有將近一百五十個單位。二樓是校方行政人員辦公處，三樓到七樓則是分屬各個教授的研究區或研究室，八樓是動物房。這是棟類似百貨公司裡購物中心的建築，如果從天空往下俯視，除了中庭有座游泳池之外，這棟建築看起來就像中空的水管。換句話說，研究大樓的中庭是從地下室開始的，從地下室一直到八樓，中間都是鏤空的。大樓中不管是作何用途的建築使用單位，都是位於圍繞著中庭的圓周上。案發當天，中

圖一　研究大樓地下室一樓平面圖

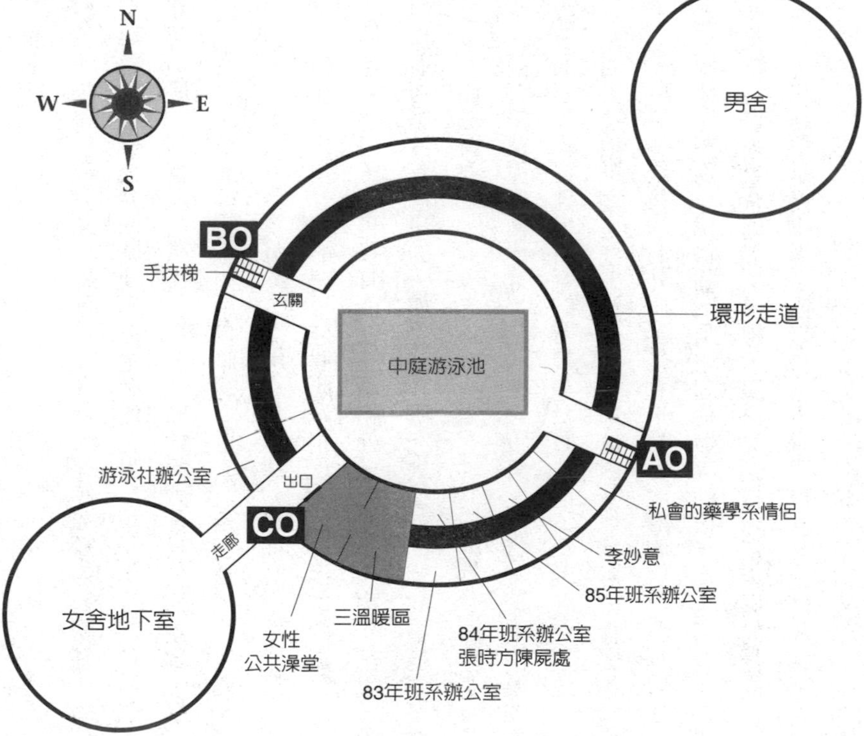

庭的游泳池注滿了滿池的水。

以游泳池為核心，地下室就是鱗次節比的社團辦公室或是學系班級辦公室。整棟建築物的隔間佈局，雖有坪數大小與公共空間使用考量上的差異，但是大致上都是類似的。內緣的辦公單位直接緊靠著中庭，外緣與內緣辦公單位之間則隔著一道環形走廊。張時方命案發生處，就是醫學系八十四年班系辦公室。如果以時鐘方位來表示的話，八十四年班系辦公室位於六點鐘方向的內緣單位，與外緣單位的八十三年班系辦公室隔著環形走廊。

研究大樓裡，內緣和外緣辦公室的窗戶位置剛好相反。位於內緣的辦公單位只有朝著中庭的窗戶，而位於外緣的辦公單位也只有面朝建築物外頭的窗戶。換句話說，內、外緣辦公室緊貼環形走廊的那面牆是沒有窗戶的。如果站在研究大樓外頭望向這棟建築物，自然只能看到位於外緣辦公室的側邊窗戶。

外緣單位的窗戶設有防盜鐵窗，內緣單位的窗戶沒有。不過基於消防及安全的考量，除了一樓以上每室設有的逃生梯窗外，所有的窗戶都是封死的。

比較特殊的是研究大樓地下室這層，雖然內緣單位跟其他樓層一樣緊挨中庭，不過因為外緣單位是在地下室，所以從建築物的外圍，是看不到這一層的辦公單位的。

研究大樓旁邊有兩棟建築物。「自強」男生宿舍與「莊敬」女生宿舍。（如圖二）莊敬女舍是十層樓的建築物，自強男舍則有六層樓，與研究大樓建築相同的是兩棟都有地下室。不過自強男舍的地下室和一樓是停車場，所以自強男舍與研究大樓的相通通道只有在二樓的

圖二　男女舍與研究大樓側面觀

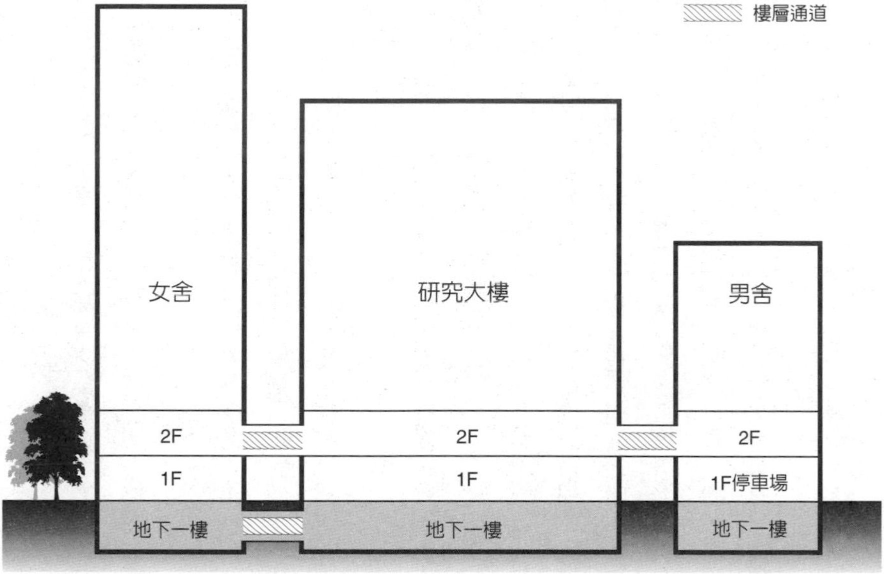

連接走廊。

莊敬女舍地下室跟研究大樓地下室之間則有直接的連接走廊，主要是女舍地下室與研究大樓地下室一樓相接空間處，設有女性專用公共浴室，洗手間，以及三溫暖室和更衣室。（如圖三）

莊敬女舍除了地下室這條特殊的連接廊（圖一C0）之外，基本上就跟自強男舍一樣，女學生從宿舍要到研究大樓這邊來，都得經過二樓的連結廊通道。此外，研究大樓的二樓行政區除了與男舍與女舍的連結廊外，在四點鐘（圖四A2）及十點鐘（圖四B2）方向各有一個出口，階梯往下延伸至一樓的戶外。

因此，平時非假日時段，要進入研究大樓建築物，就只有從這五個出入口。也就是說，研究大樓二樓的四個出入口是建築物主要的通道入口，研究大樓的一樓是沒有任何出入口的。

在研究大樓二樓四點鐘（A2）及十點鐘（B2）方向各有一道階梯，從戶外一樓延升進入研究大樓二樓行政區，直接面對出入口玄關空間，會有往兩側延伸的圓弧狀走廊，除了地下室的樓層外，這個圓弧狀走道自然會首尾相接，形成一個完整的環形走道。（如圖四）

研究大樓的玄關空間處都有一連結地下室至頂樓的樓梯，同時也設有三具電梯，不過電梯只連接二樓行政區至八樓間的樓層，亦即要下到一樓與地下室只有經由樓梯，電梯是到達不了的。

圖三　女性公共澡堂、三溫暖區與命案現場關係圖

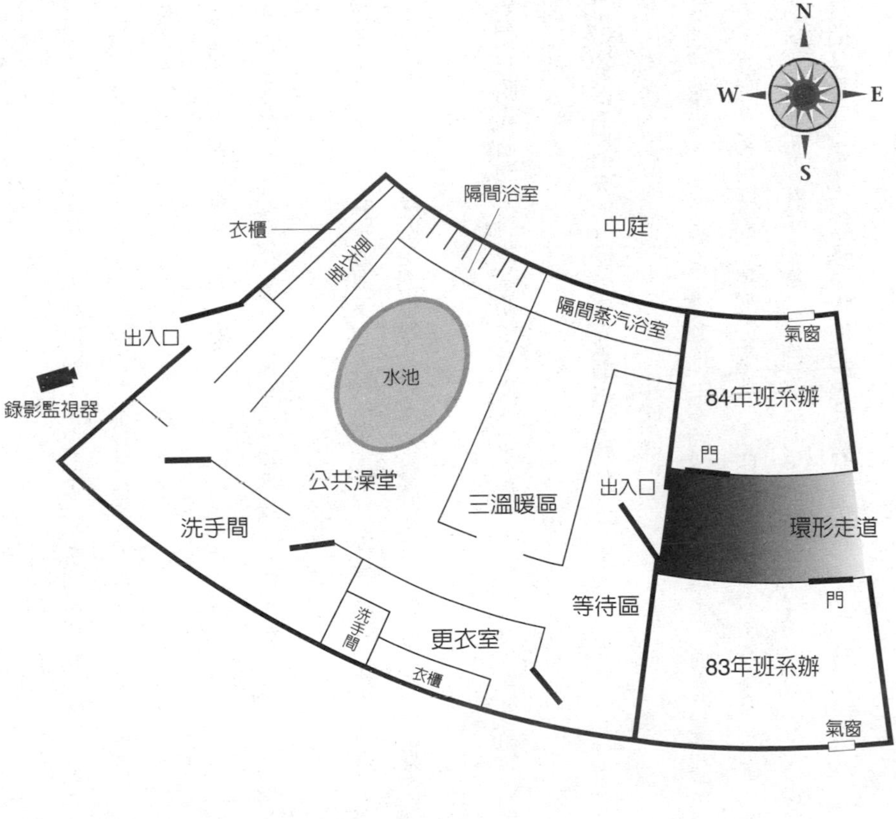

先不論案發當時張時方究竟是爲了什麼原因，在那麼晚的時間還獨處於醫學系八十四年班系辦公室？因爲整個辣手摧花事件在這裡發生，本身就是件令人咋舌的詭異事實。

爲何這麼說呢？

先從現場情況來思考，會是誰殺了張時方？

既然這件七年前的案件已經變成了懸案，從鉛字的描述線索中，我也沒有安樂椅神探般的智慧，自然也無力解決。

如果是如同電子郵件所言，張時方命案是王明億犯下的，那麼問題似乎就單純多了。問題是，「王明億」這三個字現階段就是個謎樣的存在，對於案情的釐清，根本是越攪和越複雜……

而且從警方的調查陷入瓶頸來看，當初整個事件讓人想不透的地方，在於命案兇手簡直就像是突然從空間中消失了。

「王明億」可以塡補這個消失的疑問嗎？我頗感懷疑。

爲何如此說？因爲深入瞭解案情的人必然會如此認爲。

這件姦殺案的催花魔手，到底是怎樣進到地下室的醫學系辦公室？而身爲醫學系八十五年班學生的張時方，爲何會獨自陳屍在這個醫學系八十四年班系辦公室當中？

據發現者所言，死者是被鎖在這間辦公室裡。房門是扣上鎖好的。

那麼，這個房間是推理小說中經常出現的密室嗎？當然不是。

圖四　研究大樓二樓平面圖

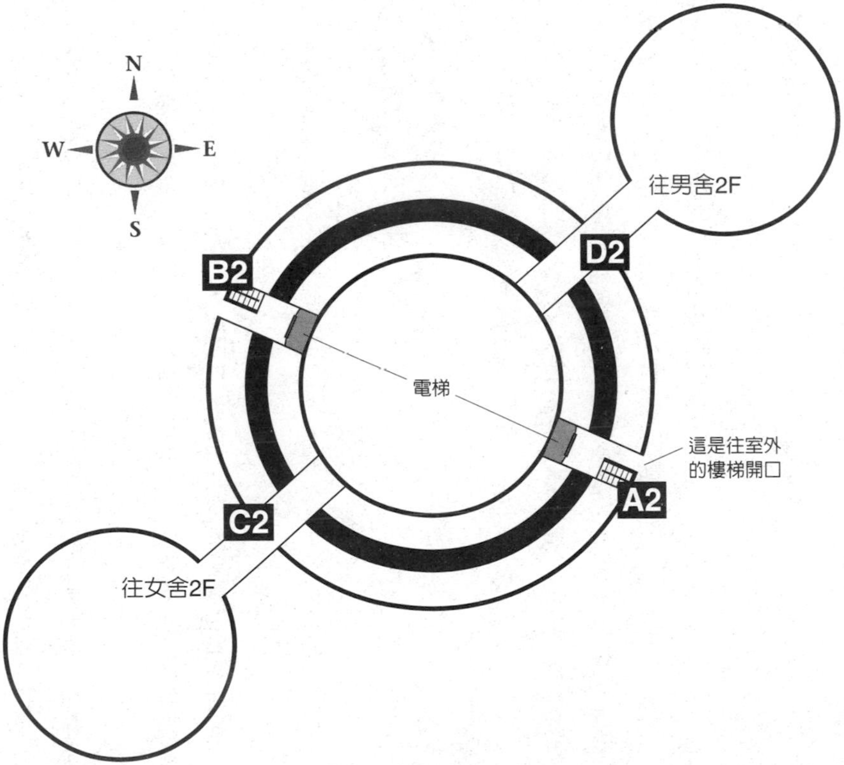

但是若把其他的因素考慮之後再度審視的話，說它是一間「倒錯的密室」也不爲過。

何以有如此的說法？講直接一點：「命案死者死在房間外比死在房間內，死在大樓外比死在大樓內合理！」

案發當天是星期六。星期六中午，最後一位使用醫學系八十四年班辦公室的人是班代周國棟。因爲當天早上有班會，所以中午左右，周國棟把當天的班會紀錄帶進去放好，離開之前把門帶上，把鎖頭鎖上。

要打開這種鎖頭，使用的當然是鎖頭配置的鑰匙。醫學系八十四年班的一百三十七位學生，每個人都有一把，所以每一位都可以自由進出這間系辦公室。

在班代周國棟肯定自己有鎖好門的情況下，沒有鑰匙的張時方當晚是怎樣進到這個房間來的？據警方現場的蒐證，房間內的死者身上是有找到一把鑰匙，但是這把鑰匙是隔壁醫學系八十五年班系辦的鑰匙，根本沒辦法打開死者陳屍處的這個房門。

那麼是誰打開這個房間讓死者進來？這有幾個可能：

一、醫學系八十四年班的某位學生幫她打開，並隨她進來的。

二、與第一種情況類似。在班代周國棟鎖門之後到命案發生之間，醫學系八十四年班的某位學生使用鑰匙打開了這個房間的鎖頭，但是離去時沒有將門鎖上。

三、周國棟說謊，他根本沒把門鎖上。

四、張時方借用，私用，或是盜用八十四年班某位學生的鑰匙，但後來因爲某種因素，鑰匙在現場找不到。

五、根本不需要鑰匙，亦即利用鐵絲一類的開鎖工具，把門鎖鎖頭打開進來。

如果這是一般的竊盜案件，或許往這些方向考量，事情就可以完美地解決。

如果這是一間獨立於建築物外的房間，那麼也不難釐清案情，找出解決的方法。

但是事情並沒有這麼簡單。

先說陳屍的現場房間。門是帶上且用鎖頭鎖上。這是誰鎖上的？是姦殺張時方的人鎖上的嗎？雖說這種鎖頭只需把曲桿用力按下即可鎖死，只是在犯下罪行之後，這麼做又有什麼意義呢？

殺人者離開現場後，還會特地把門帶上且上鎖嗎？對兇手而言，鎖不鎖門有那麼重要嗎？只是將門帶上不行嗎？是純粹出自於讓屍體被延遲發現的目的嗎？基本上會使用這個房間的都是醫學系八十四年班的學生，而且每位學生都有鑰匙，雖然星期日根本沒有什麼預定的活動讓學生必須來到系辦公室，但是星期一必然會有醫學系八十四年班的學生來到這個辦公室，準備星期一上課的教材。屍體在星期日或星期一被發現，有其延遲上的意義嗎？

不管怎麼想，鎖門的動作實在顯得累贅。

不過，因爲門鎖只能從門外鎖上，合理的推定是，鎖門動作，應該是在張時方進入八十四年班的系辦公室之後。而這時候張時方是死還是活，則是另外的考量了。

另外有一種想法是，從周國棟鎖門到星期一屍體被發現，自始至終根本沒有人把鎖打開，只是張時方的屍體不知怎樣竟然可以越過空間障壁，被丟進這個辦公室中。

警方認爲這是無稽的想法，因爲根據調查，這個陳屍處是第一現場。

才單單考慮陳屍地點，就已經讓警方頭大。如果再把八十四年班系辦位於地下室與三棟建築物內外圍的情況一併考慮起來，不可思議性的鴻溝馬上拉得更深更廣。尤其在張時方屍體的模樣透露出是被姦殺的情況之下，整個局面就顯得相當相當地複雜，也難怪這麼多年來，這個事件一直陷入泥沼當中。

其次是關於案發死亡時間：

根據警方現場鑑識蒐證，與法醫及K大醫學院病理科解剖的推定，後來的時間推斷是相當明確的，死亡時間是星期六晚間十一時到十二時之間。

星期六因爲是假日，醫學院的行政人員都不上班，所以研究大樓除了與男女生宿舍的通道是開啓的之外，二樓A2處與B2處出入口的鐵門是拉下且上鎖的。

也就是說，研究大樓在星期六中午十二點過後，處於假日關閉的狀態。

發現命案的是兩名八十四年班的值日生，學生名字是傅東祺與呂名成。因爲兩人是室友，在星期一早上接近七點左右，一起經由男舍二樓的連接廊來到地下室系辦公室，準備早上第一堂寄生蟲課要使用的電腦與單槍投影機。

他們到系辦門口時，門鎖是鎖上的。所以是由傅東祺拿出身上鑰匙，打開上鎖房間，兩人立即目睹張時方慘死的情景，這時差不多是星期一清晨七點二十幾分。

兩人趕忙通知學校的教官，接著在早上七點四十五分左右，警方接獲報案。

警方與校方第一時間封鎖了命案現場。

因爲是假日，又是不完全開放的研究大樓，研究大樓的二樓出入玄關處有防盜的監視錄影機，二十四小時記錄這個出入口的任何情況。三棟大樓間的連接廊也都有監視錄影機。沒想到當初爲了防範宵小偷竊侵入宿舍的監視錄影機，在此次命案，發揮釐清案情相當重要的角色。

雖然在週末假期，只要是醫學院的教職員工或住宿的學生都可以自由進入研究大樓，不過可能因爲是週末假期，或是期中考即將到臨的原因，這兩天進到研究大樓的學生相對地並不多，所以比對警方調查與每台錄影機的內容，案發期間出入研究大樓的學生或是其他人員，很快就查得一清二楚。

張時方應該是在晚間十點半前後，獨自從女舍地下室連接廊(圖一的C0處)，繞過B0處的地下室玄關出口，穿過中庭，再從A0處拐進環形迴廊，往醫學系八十四年班辦公室而來。

（如圖五）

研究大樓每層樓與地下室及二樓一樣，在四點鐘方向與十點鐘方向都各有一玄關空間，往上下樓層的扶手樓梯，如前所言就經過這裡，地下室的玄關空間(A0與B0)比較特殊的地方在於，它有往一樓的扶手梯，也設有其他樓層沒有的地下室中庭出入口。也就是說，如果要到中庭游泳池游泳或是從事其他活動，就只能從地下室這層的玄關空間出去（圖一）。

張時方在十點半左右經過中庭時，剛好「女泳社」五名選手在做夜間練習。八卦雜誌上所刊載的五名選手分別是：林克蘭、許純娟、葛來恩、陳予思、劉美好。她們當時正在爲即將到來的南區大學游泳比賽做最後準備，練習時間是早就排好的晚間九點至十一時。

據警方調查，五名分屬各學系的選手，那時都見到張時方匆匆越過中庭。雖然林克蘭是她的同班同學，陳予思是她的直屬學姐，但是張時方當時並沒有與任何人交談。

其次，她轉往迴廊時，在玄關空間A0的隔壁，是藥學系系學會辦公室。有一對熱戀中的情侶，分別叫做黃士棋和王慧怡，在辦公室熬夜準備期中考。辦公室的冷氣壞了，所以這對情侶說，他們從頭到尾是將辦公室的大門敞開的。因爲他們是到星期天中午才離開，所以案發時間，如果有人從八十四年班系辦離開，以逆時針方向沿著迴廊走出去，那麼在藥學系辦公室敞開門口附近閱讀的這對情侶絕對會目擊到，而這對情侶也確定了週六晚上，張時方行經的方向與時間。

此外，根據八十四年班的學藝股長李妙意表示，當時她也在附近的寄生蟲教材室準備星

圖五　張時方路線圖

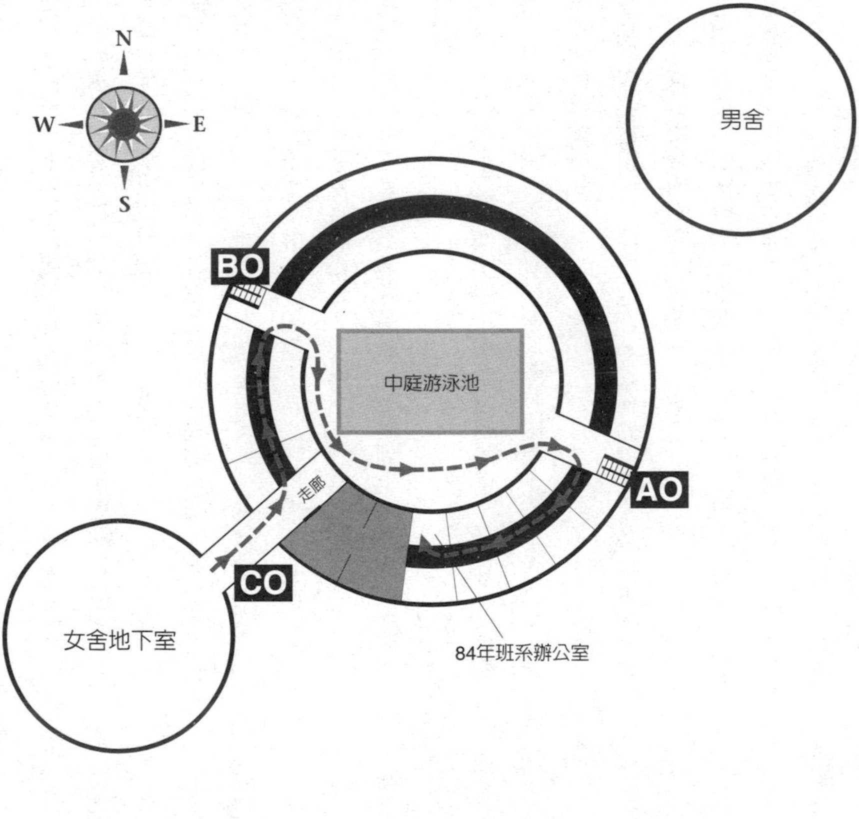

期一早上要使用的教學片子。不過，她與張時方學妹並沒有接觸，之後她是在接近十一點離開教材室，從A0出口，越過中庭，經由B0，再由地下室連接廊C0，回到女生宿舍。換言之，她走的路線跟張時方一樣，差別只在於方向，一人是前來，一人是離去。

所以這幾位同學的相關行蹤，警方認爲並沒有多大的可疑，或是不對的地方。因爲在地下室A0處，面對中庭出入口方向，也設有一台防盜監視器，爲何地下室的A0與B0處要特地設立監視器？那是因爲有一些貴重儀器的研究設備，是放在地下室北側的辦公室當中。所以任何人只要經過這兩個地方，在監視器的錄影下，根本是無所遁形的。

然而，除了這些錄影證據之外，案發關鍵的十一點到十二點間，整個地下室，甚至研究大樓一樓都沒其他人了嗎？

這裡要特別提一下，在八十三和八十四年班系辦的隔壁，是專供女生使用的洗手間、公共澡堂與三溫暖間（圖一、三）。案發時刻前後的時段裡，除了女泳社的社員外，還有十一個女舍住宿學生剛好在此處使用。

地下室的環形迴廊與其他樓層不同的地方，就在於這些公共設施的設置，使得地下室這層的環形迴廊並沒有如同其他樓層般首尾相接。

也就是說，星期六案發的前後時刻，整個地下室裡基本的人員應該就是這些：十一個女舍住宿學生、五名女泳社學生、李妙意，以及藥學系情侶黃士棋和王慧怡。

這就是困擾警方之處。從報紙與雜誌所記錄的來看，案發當時，在地下室陳屍現場附近，除了藥學系學生黃士棋之外，清一色都是女生。

那麼，姦殺張時方的男性犯人到底是誰？又是躲藏在哪裡？

研究大樓三樓以上一直到動物房，星期六晚間是仍有幾個留在這棟大樓裡作研究的人員，裡面當然包含不少男生。可是不管是要從二樓到一樓或是地下室，或是從地下室上到三樓以上，都必然會經過二樓的四點鐘（A2處）與十點鐘（B2處）方向玄關空間的監視錄影機。

徹查從星期六中午到星期一警方封鎖現場爲止的錄影資料發現，其間雖有幾位男士從地下室上來或是下去，但不是與案發時間不吻合，就是根本沒接近過命案現場附近。

而且地下室的A0與B0處，如前所述，也設有錄影機。錄影機上並沒有這幾位男士經由地下室A0處繞往八十四年班系辦的往返紀錄。

如果兇手是醫學院院內人士，那麼他到底是怎麼在案發時段，可以安然避開二十四小時攝影機的監視而犯下案件？

如果先不考慮這個謎團……

先回頭將前述死者陳屍地點的鑰匙問題考慮進來。

如果是前述第一點的情況之下，合理的懷疑是，是醫學系八十四年班的男生幹下這件令人髮指的事件。

當晚有兩名八十四年班的男生在研究大樓三樓以上。一人就是班代周國棟，他在八樓十二點鐘方向的動物房更換老鼠飼料與水。另一人叫做蔡東名，他在七樓九點鐘位置的病理科分子生物室萃取教授研究檢體的RNA。但是錄影機影像顯示，他們根本沒有下到地下室過。

從新聞報導和雜誌資料來看，這事件因爲陷入瓶頸，警方後來甚至進行了亂槍打鳥的搜查行動，亦即把死者陰道內取得的精液斑與班上男生的DNA一一做科學比對。可是結果是：沒有一個人符合！

醫學系八十四年班有九十七個男生，即使DNA比對不符合，但警方還是一一約談了這些學生。雖然逐一調查是件大工程，但是還是徒勞無功，九十七名學生不是有明確的不在場證明，就是找不出可懷疑之處。

如果門鎖與鑰匙對警方來說有什麼意義，可能就是在於偵辦命案初期鎖定犯案者所耗下的心血。

其次，如果先把門鎖鑰匙的問題擱置，那情況其實也一樣。先別說找不到可以合理懷疑的犯罪者，就算範圍擴大到非八十四年班的男生，如藥學系那位黃士棋，在性侵害的直接證據DNA比對上，他也不符合。

不管是傳統的證據還是先進的顯微鑑識，橫阻在眼前的還是老問題：

兇手是誰？兇手到底是怎樣殺了人可以安然離開？

兇手似乎從空氣裡消失了般。

這就是為何媒體用「倒錯的密室」與「消失的兇手」來形容這件不可思議的事件，將之渲染得詭異異常。

□

張時方死狀悽慘。除了脖子的勒痕外，榔頭的敲擊應是致命的死因。屍體附近，不知是什麼原因被打破而散落一地碎玻璃——來自於面對中庭最右側的一扇氣窗。除了這個以及一把翻倒的座椅之外，現場整體凌亂程度其實還好（如圖六）。此外因為任何性侵害案件都會將受害者的指甲予以留存，張時方命案也不例外。在死者指甲內有找到一些人體皮屑，這些皮屑合理的推測是由於死者掙扎的時候，從兇手身上所刮下的。這些皮屑之後也確定來自男性。

可是，張時方這個案件就是這樣，隨著資料搜尋的越多，眞相卻也越來越難釐清。因為同樣來自男性，死者指甲裡皮屑的DNA與死者體內的精液斑卻是來自不同的人！兩者通通與九十七名醫學系八十四年班的男學生及黃士棋的DNA對不起來。

這意味著什麼？兇手不只一人，而是有兩個人嗎？

兩個來自院外或校外的男性強暴犯聯手所幹下的慘案？警方當然也有考慮過這方面的可能性，但是這還是會面對到兇手怎樣進來以及怎樣離去的難題。

圖六　醫學系84年班系辦張時方陳屍現場簡圖

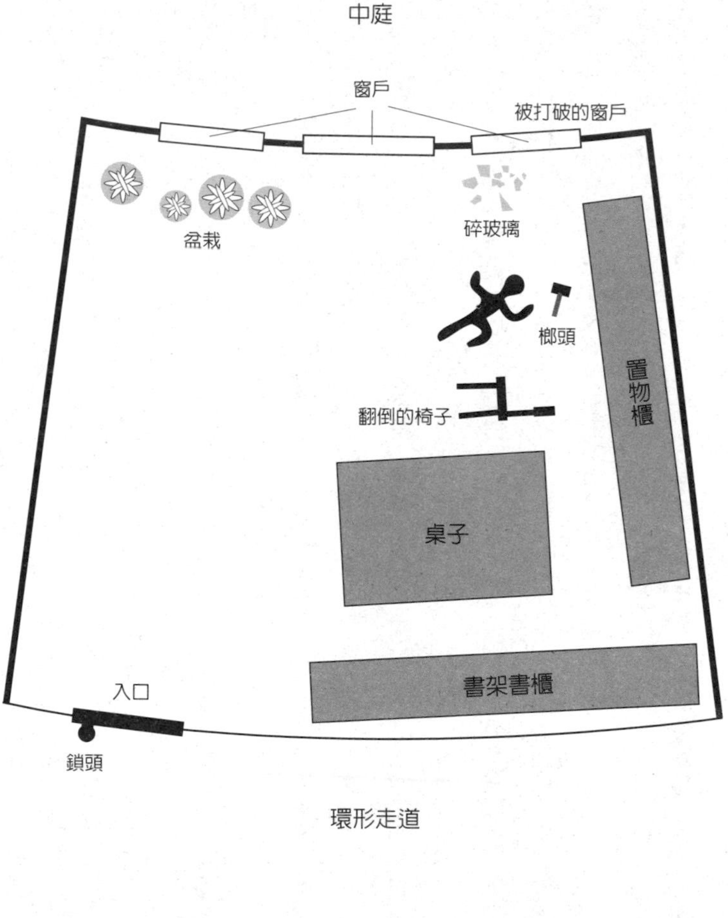

還是建築物有所謂不爲人知的「秘道」？這些年來，只要重新審理這個案件，這個想法總是第一個被提出來，但也是第一個被推翻的。

無解！數學上有這種答案。

兇殺命案若說「無解」，那就表示警方被困在迷宮中。

兇手到底是怎樣做到來去自如的？

此外，研究大樓面對中庭的一樓及地下樓層的窗戶都裝有防盜鐵窗，全部都沒有遭受破壞的痕跡，比較特殊的是前面提過的八十四年班系辦的右側氣窗，在案發當時，發現早被一塊石頭敲破，碎了一地的玻璃。

兇手可以從這個氣窗跑走嗎？

先不說破裂的空隙實在很難容納一個正常身材的男人通過，而且就算可以從室內鑽出去，必然被氣窗殘存的玻璃碎片扎的滿身是血吧，問題是找不到這類的血跡反應。

氣窗離中庭的地板有三點八公尺，要鑽出氣窗跳到地板有其困難的地方，因爲不管室內、室外，氣窗附近都沒有找到可以供攀爬腳蹬的物件或工具。

十一點之後，中庭其實還有一個人。女泳社社長林克蘭在其他社員結束練習，到公共浴室去沖洗後，還留在泳池游了一段時間。而且，在七樓九點鐘位置的病理科分子生物學室的學生蔡東名，據稱曾跑到同一樓層十點鐘方向的玄關空間透氣抽菸。

特別提到這兩人的原因是，若眞有人從此處窗口出入，那麼這段時間內，兩人應有目擊的可能。問題是，這兩個人都表示沒有特別看到什麼。

比較值得一提的是，雜誌還紀錄到一點，因爲中庭頂層並沒有遮棚，所以可以在中庭看到天空。不過，在八樓動物房之間交錯地綴飾著萬國旗的繩索，上面有各社團的三角旗幟，形成散射狀的繩條。這是去年校慶的綵飾，校慶結束後並沒有拆除，一直保留到現在。

其中有一條繩索因爲早就斷掉，斷端剛好垂下來，懸在張時方陳屍房間破裂的氣窗上方，研究大樓三樓窗外，離破掉的氣窗頗有一段高度距離。繩索僅是當作綴飾使用，就支撐受力上來說，根本沒辦法承載一個成年人的體重，而且就算兇手眞能從破窗鑽出去，還是搆不著繩索末端。所以這條繩索雖然位置尷尬，但實在想不出與張時方的命案有任何直接的關係。

當然了，若是兇手行兇後，從命案現場左側的女子公共浴室和三溫暖間方向離開呢？這當然是一個合理的考量。

問題是案發當夜，從夜間十點至一點，這個地方有女舍的學生在使用，兇手不太可能有辦法從此處進出而無人目擊。尤其在命案關鍵時刻的十一點之後，公共浴室那時剛好有七名女生正在澡堂泡澡，若有陌生男子穿越過此處，不可能沒人注意。

而且在女舍連結廊通往研究大樓的地下室，面對女性公共浴室出入口的地方，因爲考量到女性入浴的安全性，也設有監視錄影機，所以兇手若眞從此處進入或逃離，一定會在錄影機上留下形跡。

而且據調查，這段時間，除了這十一名女舍學生外，就是女泳社的五名社員出入，講來講去，還是在原處打轉：不知道兇手從何而來？從何而去？

這麼多年來，警方的困境就在於此。從這些資料了解事件狀況的我，也是絞盡腦汁，搞不清楚這究竟是怎麼一回事？

□

我現在是在自己的宿舍中。

圖書館有其開放時限，閉館時間逼近，我只好把資料可借的可影印的，帶回到自己的宿舍中。

等到整個資料消化吸收整理完，已是快隔天清晨了。

張時方事件中提到的幾個人，在王明億寄來的電子郵件裡也出現了。

對我而言，兩件相隔七年的事件，之間的關連性在整理資料的過程中很容易發現。

看到「精液斑」這三個字，我的情緒相當低落。

……

我內心浮現一個想法，卻難以啓齒。

那是我的嗎？

當然不是我。我根本不認識張時方，雜誌上的照片，是個面貌娟秀的美女沒錯，但是我眞的不認識她。

儘管如此，我還是擔心……

要求證很簡單，只要跟當年的專案小組聯絡，比對DNA就可以了。

問題是：如果比對不合，我做這個動作幹嘛？如果眞的是我的，那我又要怎麼解釋？眞是頭痛。

還是我多慮了？被那封莫名其妙的來信所誤導，才會有這種庸人自擾的想法。

不認識張時方。

不記得認識張時方。

對我而言，這兩種是迥然不同的說法。

王明億的來信提及了「失憶」、「記憶」這些名詞。

七年前的記憶，我眞的那麼有把握嗎？自從從事精神醫學這一行後，對於一些所謂記憶百分百肯定的說法，因爲親手接觸太多的案例，我就越來越持保守的看法了。

人格，自我，非我……

我知道，七年前的事件對我是個傷害。在身體上，心靈上都是。

對於這個令人羞愧的事件，內心的感覺是壓抑的。

記憶其實很模糊，從身體受襲再到K大醫院的急診就診，這段記憶實在很難回想清楚。特別是不省人事的時段，記憶當然空白。

前一陣子，熱門的催眠療法大師來院演講，對於當時同事慫恿我做自我教學示範，我斷然的拒絕。

因爲我太了解我自己了。

我擔心我的創傷病史，在別人都以爲我是正常人的情形之下，因爲催眠而裸露出來。夜深人靜時，我很清楚了解，當時的我潛意識裡在恐懼什麼。

我擔心，在我不省人事的兩三個小時，我眞的做下了出乎我記憶中的蠢事。剛好就在張時方命案的關鍵時刻裡，我處在記憶空白的個人人生切面。

□

第二天我沒有門診。在醫院查完房後，我回到辦公室小睡了一下，但是不知怎地，翻來覆去睡不著。

與其這樣，儘管精神不濟，我乾脆離床而起。

既然昨夜花了一整晚的心血在了解張時方命案，不過那畢竟是八卦雜誌與報紙的二手傳播。我打算直接去找當年承辦的警方，進一步了解，順便查證這些報導的正確性。

我在高雄市刑警大隊裡並沒有相熟的警方人員，加上刑警又因那件身首異處的分屍事件出現遺留給我的遺書而拜訪過我，如果這時我主動扯出張時方的命案，那豈不是再度惹得一身羶？所以我並不想直接找市警局的人員幫忙。

我想這是一般人都會有的正常反應。

不過當年承辦張時方命案的三民分局裡，我倒是有不少位因為醫師與推理作家身份而相交相熟的警察朋友，或許想要追尋過去這件命案的原委，這裡是比較可以進行的方向。

我想用撰寫推理小說為藉口，向三民分局警方探詢這件命案的資料。

雖然時隔多年，人事已非，當年承辦案件的警方人員多半因為人事升遷而不在分局中了，但是因為裡頭有相熟的警員朋友，再加上自己的身份，實地求證起來，並沒有遭遇太大的困難。因為自己花心思整理過資料，儘管頭腦不是很清醒，但是我對這個案件的掌握並沒有太大的問題。連熱心幫忙的警員，似乎都訝異於我對這件塵封已久的案件認識的程度。其實他們不需要佩服我，該佩服的是當年報紙雜誌對於事件報導的詳細程度。

在我要離去時，有一位平時就熟的警員私下細聲對我說：「嘿，藍醫師，最近我在報紙社會版看到你的名字，我很訝異哩，因為你平時不是多在醫藥版或是藝文版才會出現嗎？那是怎麼回事啊？」

他曾看過我的門診，因為工作適應方面的問題找我諮詢過。

我們兩人往停車場方向邊走邊聊。

「你是說那件斷頭的案子啊?」

「是啊。」

我只有苦笑:「老實說,我也不知道爲什麼會扯上我。」

「我是覺得可能是藍醫師您太有名了。」

「我哪裡有名?」我還是微笑以對:「對了,這件斷頭的案件偵辦的怎樣了?」

「不知道哩,這件案子刑大在處理,因爲照會過我們,所以我有特別注意過。」

「喔,不是前天發生的案子嗎?」

「是啊,像這種案子,你們推理小說作家不是最喜歡嗎?」

「這……講得好像我們都很嗜血,其實也沒有啦,現實生活中的事件和推理小說裡的案件還是不一樣的。」

「我是感覺都一樣啦,都是殺人啦。」

我不置可否地叉開話題:「那件案子有進展嗎?死者是誰啊?」

我原想表現出彷彿不當一回事似地聊起來,可是他接下來的回答讓我有點尷尬。

「藍醫師,這個死者的名字,是從現場留給你那封信來的,你應該清楚啊。」

「你說王明億啊。」

「是啊。」

「但是我不認識他哩。」

「或許是您的病人吧。」

「這可是兇殺案啊，他眞的不是我的病人啦，我沒有這個印象。我也算是命案關係人，你是不是可以透露一點案情給我知道啊。」

「偷偷講沒關係吧？反正人又不是藍醫師殺的，我才不會懷疑你呢。」

「對了，那個王明億是住在建工路嗎？」

「啊，原來藍醫師你認識他啊？刑大就是請我們做這方面的清查支援，建工路是我們的轄區，我們昨晚才去查過哩。」

「我是眞的不認識他啦。你有他的照片嗎？」

「有啊。」

於是我們折往他的辦公室。

「這個人我沒見過。他眞的叫做王明億？」

「是啊，他是遊民，這個管區的資料有。我去他設籍的遊民中心查過，是眞的有這個人。」

「喔，他是怎樣的一個人？」

「既然是遊民，就不希望被人管，所以雖然設籍在遊民中心，不過他並不常住在那裡，也沒辦法強制。」

「他有前科嗎？」

「有啊。這個人怪怪的，好像曾在市立醫院強制就診過。他會騷擾別人，硬把別人當作自己的女友，最近一次是在咖啡廳，硬要干擾別人的聚會……」

我越聽越心驚：「別人的聚會？」

原來信裡提到的這部份是眞的。這到底是怎麼一回事？

「是啊。是一群K大醫學院附設醫院的醫生聚會。嗯，聽您這麼一說……這個聚會跟藍醫師您剛剛提到的張時方命案有關連哩，難怪我覺得怎麼這幾個名字這麼耳熟。等等，有幾件事情突然都接起來了……那個周醫師的老婆最近也死了。溺水死亡。」

我大吃一驚：「你說什麼?!」

□

我自認是個可以保持冷靜態度的醫師。生活上，職業上，始終如是!

但是在三民分局的警員陰錯陽差地透露李妙意的死亡事件後，我已經記不得在追問細節之後，渾渾噩噩的我是怎樣步出警局的。

我發現要交代我接下來的幾天行蹤，我就會變得語無倫次……

會語無倫次的原因是，困惑的事情依然一件接著一件而來。

從收到王明憶的電子郵件開始，我就像搭上雲霄飛車的遊客，有種強烈任人擺佈的不快，這種種在十天之前全然沒有任何徵兆。一切都是突如其來的。

所謂的不快在於，整個事件如暴風席捲而來，就算自己不願意，就算自己後退幾步，然而接連發生的事件讓我像被捲入風暴中，有種無法逃離的不自在感。

在知道李妙意的死亡後，我又陷入低潮。情緒低落不是單單因為她的死亡，而是短短這幾天的時間內，接二連三的死亡訊息散發出我能輕易感受到的惡意，排山倒海而來。

因為這次的拜訪，而意外扯出來這個結果，我的內心是更加緊縮壓抑了。

一般人心理病了，或是有困擾，可以找心理諮商師或是精神科醫師就診諮詢，但是精神科醫師的我病了，要找誰諮商呢？

我當然沒有那麼脆弱。李妙意的死亡，其實並沒有馬上讓我對王明億信件與張時方事件打退堂鼓。

接下來的幾天，我就像無頭蒼蠅般回頭調查李妙意的事。

我才發現這又是一個繁雜而糾雜的謎團所裸露在外的線頭。

困惑與憂慮逐漸侵蝕我的心。

再接下來的幾天，我是有點魂不守舍，因為從漠視整個事件，到突如其來接二連三的死亡事件圍繞我而發生，我亂了方寸。

那壓倒我心理耐受力的最後一根稻草，是在六月二十二號，市刑大的刑警又在我的門診出現的這件事。

□

我想我的神情與一個星期前必然有著明顯的不同，因爲這個星期以來，我的病人以及再度見面的刑警見到我都是先愣了一愣，然後欲言又止。

我知道我的模樣狼狽，因爲我的鬍渣和亂髮，不用照鏡子，用自己的手掌都可以撫摸感覺得出來。

「藍醫師，很不好意思。我們又有事得再來打擾您了。」

「嗯……還是要問上次的事情嗎？」

「唔……今天可能要冒昧的多了，不知藍醫師有空嗎？看起來您好像很累，還是我們改天再來？」謝賓霖說。

「不用了，你們要問我什麼？」

「我後來看過您寫的小說。」

我很訝異他會冒出這個答案。

「推理小說我其實也有一些興趣。我們上次講到身首異處的屍體，關於那個『王明億』，很感謝藍醫師的幫忙，由於您提供的線索，我們終於找到他比較詳細的基本資料了。」

「……」

「對了，那個王明億，藍醫師您眞的不認識嗎？這個問題我們上次有請教過，不過我想我們還是再確認一下比較好。」

「你這樣說的意思是？」

「其實是這樣的。老實說，既然死者死前留有一封信給您，若說他與您完全不認識，在常理上實在說不過去啊，您既然是推理小說作家，應該也會贊同我們的懷疑吧。」

「我不認識他。」

「藍醫師還是堅持這種說法囉？好吧，那麼我乾脆說明我們再度拜訪的目的吧。其實昨天在遊民收容中心王明億遺留的行李中，我們發現了另一封信件。好像也是他寫給藍霄先生您的信，不過這封信內容與上次那封遺書不一樣。從這封信件內容來看，我們終於比較了解他留在陳屍現場給藍先生的那封信，內容是怎麼一回事了。只是不知道藍霄先生除了那封遺書外，還有收過他寄過來的信嗎？」

這時我還有否認的必要嗎？不過我還是不想立即給他肯定的回覆。「我可以看一下你所謂的另一封信嗎？」

「這是影印本，你可以看看，說不定你看了就會『馬上想起來』。」刑警後頭的語調已可嗅出不尊重的諷刺。他的這種態度意味著什麼？

我內心有點武裝起來。我接過他說的信件影印本……

是那封電子郵件。

這封信我看過不少次，內容記得相當清楚……

——不對，這封信的內容與我收到的那封電子郵件有出入。沒錯，這兩封都是電腦打字稿件，警方遞給我的這封影印信，內容中的每一個字，在我收到的那封電子郵件中都有。但是，卻是純然不同的兩封信。或者，該說這封影印信是我之前收到的電子郵件的縮減版！

——稱謂、字體、語氣、文法習慣用法等等，大致上都沒有差別，但是……這封信少掉了一大段，少掉了王明億大費周章說明解離性失憶症的那段。換句話說，星咖啡那段被刪掉了。

——是刪掉了嗎？還是這封信只是他寫給我的電子郵件的初稿？

我看著這些影印的信紙，內心的念頭不停翻騰著。我看完後，將視線從紙張移開，望著刑警。

「藍霄先生，你收過這封信嗎？」

「沒有！」我覺得我在玩文字遊戲。小說中罪犯與刑警的對談難免會有狡詐的針鋒相對，這在我過去的推理小說創作中，是常有的畫面。只是這次我淪爲被詰問的對象，竟然自然而然顯露出我自私、且自我防衛的一面。

「喔，這樣啊……這封信當然不是什麼有力的證據啦，不過上頭留有王明億的指紋，還是對我們有辦案上的參考價值。對啦，我們是看不太懂這個『藍霄先生，當年，您也有份』的意思？」

「……我也看不懂。」

「但是這封信明明暗示說藍霄先生應該了解啊。」

「沒這種事情。」

「好吧，既然您都這麼說了。不過，這個張時方的女生命案，藍霄先生應該有興趣吧。」

我不置可否。

「為什麼不回答呢？您在顧忌什麼？據我們的了解，藍霄先生對這件案件可是無比的關心呢……您似乎在保留什麼似的？您可以跟我們合作嗎？」

「我這樣不算合作嗎？」

「好吧！我們先展現我們的誠意吧。是這樣的，從王明億命案發生後，我們警方可是一點都沒懈怠，不管怎樣，在命案現場與遊民中心所獲得的兩封信，給了我們相當多的辦案資訊。張時方的命案是七年前的陳年案件，我們發現到這個線索，馬上把當年的辦案卷宗調出來，原來還是件懸案！王明億的信件自承，當年這個案件是他幹的。不管他說的是眞是假，我們警方不能漠視，今天DNA的比對出來了……」

聽到警方這麼說，不諱言地，精神狀況不佳的我，注意力還是立時被吸引住了。「那個當年的命案檢體的比對，我們發現死者張時方的指甲抓痕皮屑的DNA與六月十五日身首異處的雙屍命案中的軀幹，是同一個人。將軀幹的指紋、遊民中心找到的信件殘留的指紋，與社會局的檔案資料三者一比對，指紋都指向同一個人，都是王明億本人沒錯！」

——啊！原來電子信件中所講的這部份又是眞的！

這消息又是一記當頭棒喝！

「所以我們需要藍霄先生您的合作。因爲種種的線索透露，我們注意到這幾個事件都是圍繞著您發生。您似乎在這兩件命案上，都有難脫干係的嫌疑！請原諒我們警方這麼沒禮貌的舉動！既然您寫推理小說，應該可以體諒我們身爲警務人員的苦衷，您願意與我們合作嗎？首先，我們想要比對您的ＤＮＡ檢體與張時方命案的檢體……」

「我拒絕！」

氣氛尷尬的同時，我似乎察覺，八卦媒體的觸角即將悄悄爬上我的神經末稍。

第三章　犯罪者的奈何橋

凡人一死，犯罪者，大部份必經過「奈何橋」，此橋不停搖動，好像吊橋一般，橋上好多牛頭馬面，各押罪魂，行到橋中，便將其推落。

好熱的天氣。

南台灣持續的高溫天氣。進入七月，太陽火舌更是變本加厲，柏油路似乎快被融化般冒著熱氣。

全身黏搭搭，我的額頭和鼻頭一直冒著汗。

逼人的暑氣並沒有因爲我早起而有所減低。

床邊的八卦雜誌與報紙，斗大的標題挑釁般清清楚楚映入眼簾。

精神科醫師，疑涉入兇殺命案

某推理作家，涉嫌姦殺命案？拒絕比對ＤＮＡ。他在怕什麼？

高市重大血案，警方鎖定一身份特殊關係人！

某藍姓醫師，寫過推理小說，據說個性孤僻……

精神科醫師的怪異行爲，台灣醫界的怪現象

七年前後的兩樁殘忍無解血案，警方重啓爐灶，破案露出曙光，鎖定一推理作家

沒想到，赤裸裸地攤在媒體公器上任人解剖的感覺是這麼令人不寒而慄，全然沒有隱私，只有排山倒海而來的壓力。

原來當自己變成嗜血腥羶新聞的報導目標時，就已經不是自己一個人的事情了。家人、朋友、同事以及醫院通通被捲了進來。

雖然都是含沙射影的報導，三分眞實加上七分想像的新聞，在在考驗著個人的承受力。

原來除非當事者自己出面，否則並不會有人主動針對這種報導作澄清。袖手旁觀看待別人的事情很容易，但是當自己有一天面臨同樣的情況，才會了解人是多麼脆弱。

有人說當醫師生病時，才能深刻體會病人的病痛，這句話是對的，因爲這是同樣的道理。某種層面上，醫師爲病人看病診療，其實不也是種窺視病人隱私的工作？如何拿捏這當中的份際，其實就宛如踩在繩索上，而下面是火坑，每一步都得走的戰戰兢兢。

醫師有醫學倫理的約束，那麼媒體呢？

在新聞自由的無限上綱下，我彷彿是誇張新聞標題下的一枚棋子，弱勢而無力對抗。其

實，也是我自己懶得對抗，我也沒有把握對抗。

警方其實並沒有強制調查我，因爲不管是張時方的命案，還是王明億的命案，都存在著難以解決的困難，不是單單鎖定我，就可以解釋謎團的疑點。

這些疑點困惑著警方，也困惑著媒體，同樣也困惑著我。

這是可笑的僵持狀態。

如果按照人權至上無罪推定論法則，媒體是不該這樣遊走於文字遊戲邊緣「修理我」。在證據不充分的想像推定，既使我身爲精神科醫師，還是遭受莫大的心理傷害。

爲什麼我拒絕檢驗ＤＮＡ呢？因爲我很清楚，那個張時方體內精液的ＤＮＡ極可能跟我的相符合。

生活進退不得的狀態，根本沒辦法正確地看病診斷，醫院以及部裡長官的關切，我可以理解。

我開始失眠，惡性循環下去，我開始渾渾噩噩，整個人好像少了魂魄。

瞭解自己目前身心情況的我，爲了避免他人無謂的困擾，便向醫院請了個長假。

整個人幽閉在宿舍中，日上三竿還窩在被窩裡，我懷疑自己是不是得了憂鬱症。

精神科醫師得了憂鬱症，說出來可能會讓人笑話，但對於不得不面對的狀況，這也是無可奈何的事實。

餓了吃泡麵，渴了喝瓶裝礦泉水，反正吃喝拉撒睡通通混在一塊，所謂「喪失生活能力」

可能就是我現今這種樣子吧。

燥熱的天氣益發使人煩躁，然而今天，我心中的陰霾卻是一掃而空。

中午左右，我來到了這間星咖啡館。就是王明億電子郵件中提及的咖啡館。

我點了杯咖啡，開始食用這些日子以來，算是我較爲正常的一份餐點。

太陽依然高懸，所以有著冷氣徐徐吹來的星咖啡館，此時坐滿了避暑的顧客。笑聲、談話聲，還有杯盤撞擊聲。看書、聊天、談公事，還有使用筆記型電腦打字……是一幅只要隨時停格，就變成是一幕幕充滿活力的都會生活景象。

空氣中除了一絲的汗水與香水味外，瀰漫著咖啡香。

環境是吵雜的。星咖啡館尋常就是這樣的光景，這也就是王明億來信中所謂的「一切如常」。

所以當吵嘈聲嘎然而止，既使我背對樓梯口的方向，我知道，瞬間的安靜，並不是王明億提過的空間跳接的錯亂，或是時間的凍結一類的突然變化。而是……

老秦，秦博士來了。

□

三年了，那件悲傷的事件，竟然倏乎地已經過了三年。

我曾經以悲傷的筆調，以「光與影」爲篇名，用推理小說的型態來紀錄那件牽涉到我大學時代室友，許仙與秦博士的事件。

那時，老秦的模樣，跟我此刻回身看到他的身影，是重疊爲一的。從醫學院時代起到現在，他的模樣一直沒有多大的改變。

星咖啡館此刻突然安靜下來，然後代之而起一陣納悶私語聲，這都是合理的反應。因爲既使天氣燠熱，老秦身上還是那件厚搭搭的黑色大衣。

身爲精神科醫師的我，不乏在門診接觸到各類奇裝異服的偏執狂。他們對於服裝的執著，我可以體會，因爲不管病人怎麼穿，我都可以從他們的思考角度，來合理化他們的行爲。

唯獨老秦，我始終沒辦法合理化他的行爲，或是貼近他的內心，說出一番有說服力的說詞。爲什麼這麼熱的天氣，還是要將這麼厚重的黑色大衣穿在身上？

光用看的，光用想像，我就汗濕一身，我就逼近中暑般的不舒服。

我寫的推理小說，其實就是他的故事。寫起來當然很容易，因爲這是身爲記錄者角色的工作。既然是記錄者，當然只能做事件的交代與情節的過場，全然沒有關於內心的描寫。這不能怪我文采不佳，因爲身爲記錄者，我實在不是很「懂」他，即使是這件永遠與環境天氣不搭調的黑色大衣，我也說不出個所以然來。

特別是在這種會把人曬溶了的南台灣天氣中，我想不只是我這個老同學，所有星咖啡的顧客們會爲之側目也是必然的。

老秦這陣子去到美國費城參加醫學會，與當地的醫院做短期的手術教學交流。其實我跟他並不常聯絡，可能是醫學院畢業後，大家都忙的關係。

上次見面是三年前的「光與影」事件。我聯絡當時在德國漢堡留學的他趕回台灣來。那時他的研究剛好告一段落，在「光與影」的事件結束，他就留在國內教學與看診研究。

去年，我原本要結婚的，喜帖的通知都發送出去了。但是原本只有羅曼史小說裡才會發生的事件，竟然發生在我身上……那就是新娘子「落跑」了。這件事對我是莫大的打擊，也是我第一次自我認知到：「人並非想像中的堅強，就算我是精神科醫師也不例外！」原來我的脆弱內質是超乎我精神科專業對自我做出的診斷認知的。

然而，這次的事件，我雖然沮喪與退卻，但是並沒有把「找救兵」的本能忘了。我沒有對外聯絡，謝絕一切的慰問與無聊的採訪，我單單只打了通電話給老秦，留話給他。

「老秦，好久不見，我是blue，最近惹上個莫名其妙的麻煩，我需要你的幫忙，你回國後，請跟我聯絡……」

老秦一回國，當然馬上跟我聯絡。眞是夠意思的老朋友。

從樓梯上來的老秦，一眼看見我，便點頭微笑。

我也笑了！是由衷粲然、輕鬆的笑。

「要喝咖啡嗎？熱的還是冰的？」我問說。

「熱的好了。」

老秦還是一派的悠然，大衣也沒解，就坐了下來，天啊！他的額頭上一顆汗珠都沒有。

「你是不是沒有汗腺啊？」從醫學院時代跟老秦成爲室友和同學以來，這句話不知被我跟我其他的室友們用來揶揄了他多少次。

老秦還是微笑。周遭諸多的詫異眼光一直沒有從他的身上移開。

我與老秦卻因爲這句熟悉話語，彷彿又回到學生時代一般。

「最近我眞是搞慘了……小李快來了，我們等等他好了。」我說。

老秦說：「小李？好啊，好久沒有他的消息了。」

我的室友及同學這段時間紛紛透過各種管道對我表達關心之意，這也算是八卦雜誌報導對我的唯一「正面幫忙」。久未聯絡的小李，在台北的T醫院執業，看到雜誌的報導後，專程打電話給我：「嗨！Blue，我是小李，找你好久啊！最近剛好有機會過去高雄，看雜誌報導，你最近捅了好大的一個洞。當然囉，我是不相信的啦！那是不可能的代誌啦，但是我又怕這個洞你補不起來……瞎米？老秦會過去啊，那好，順便見個面啦……不用擔心，有我在，一切搞定！不過，會不會眞的是你幹的呀？哈哈哈！好啦，好啦！開玩笑啦。」

□

小李遲到了。

遲到的原因，據他老婆說，該打五大板屁股。

是的，我的浪子室友小李，已經結婚了，老婆就是我們都認識的柏芳惠。

早一步先到達的柏芳惠這時頂著八個月的身孕，氣呼呼地數落小李的不是。

約定時間已過，小李還是沒出現。不過老秦還是相當有耐性地靜靜看著我帶來的資料。

剛剛在我們旁邊，他們夫妻在手機上的通話記錄是這樣的：

「不是買瓶礦泉水，怎麼買那麼久？」

「買礦泉水只花了三分鐘，不久啦。」

「那你在幹什麼，還不回來？」

「我現在在拖吊場。」

「拖吊場？你不是去便利商店買水嗎？怎麼會在拖吊場，你的同學都到了。」

「我辦好手續，就把車子開過去。」

「車子？車子被拖吊？你不是騎摩托車去買嗎？」

「嗯，我是騎摩托車去買，不過後來又回去換了車。」

「換車？買一瓶礦泉水又不是買一箱，爲什麼要換車？說實話，你是不是又去載妹妹了？」

「耶……老婆大人不要那麼了解我啦。」

「不要嘻皮笑臉！」柏芳惠的額頭冒出了青筋。
「咦……你不是在我娘家附近的那家便利商店買嗎？那個地方不會有警察拖吊才對。」
「我是在長生醫院門口被吊走的。」
「甚麼？長生醫院？你去醫院幹嘛？」
「我也不是很願意啦。我送人到醫院來啦。」
「怎麼一回事？」
「就是超商的女店員嘛，她月經一直沒來。」
「她月經沒來，關買礦泉水的你什麼事？」
「老婆大人，這可輪到我說妳不是了。別忘了，妳老公可是婦產科專科醫師呢。」
「……」柏芳惠的額頭似乎冒著如同卡通人物臉上的斜黑線條。「嗯，強詞奪理，買礦泉水可以買到知道女店員月經過期，你是怎麼買的啊？」
「嗯，我想想我們到底是怎樣聊到這個話題的……」（似乎可以想像小李在話筒的另一端抓著腦勺思索的樣子。）
對於小李與柏芳惠這對絕配，從情侶到夫妻兩造的相處方式，身爲小李醫學院時代的室友，我們是最清楚不過了。
「不要想了，你快過來就是了。」
「好啦，我就過去了。對了，那個店員是子宮外孕啦，路見不平，基於職業道德我一定得幫忙。」

一段時間後，小李還是不見蹤影。

柏芳惠一臉歉然：「早知道我就跟在他身旁。」

「沒關係啦。」

柏芳惠再度打起手機催促。「小李，怎麼那麼久，不是說已經到了嗎？不會又是在路上看到什麼，又要你見義勇爲了吧？」

「我其實早就到了。」

「到了？你人在哪裡？我們在二樓靠近窗口這邊，星咖啡，你不會跑錯地方吧？」

「我人啊？我又在拖吊場。」

「怎麼還在拖吊場？」

「我也不知道是不是高雄市交通隊對我的車子特別感興趣，不吊走會技癢難耐，我剛剛在星咖啡館附近找停車位，結果又被吊走了。」

「……」

「算了，反正星咖啡那邊也不好停，我拿走車上的文件袋就坐計程車過去，車子乾脆寄放在這裡。對了，小惠，你幫我跟老秦和blue說聲抱歉……其實也不用啦，都那麼多年的好同學好朋友了，說抱歉太見外了。」

「都是你的理由啦。」

□

「搞什麼啦！高雄眞是鄉下地方。熱死了啦，我可不可以打赤膊啊？」小李滿身大汗地這麼說。

在老同學面前，口無遮攔的抱怨，多年來一直沒變。

「嗨，老秦，好久不見，嘿……blue你最近好紅啊，快說！是不是你幹的，我小李最痛恨淫棍，最不屑淫魔了，快說這是不是你幹的！」從小李出現後，不諱言的，我們的聚會如同突然被注入一股活水。

小李把礦泉水遞給柏芳惠，彎身側耳傾聽柏芳惠隆起的肚子：「小李『子』，爸爸來了，哈囉……啊！好痛。」

小李喊痛的原因，不知是因爲柏芳惠擰了他大腿一把，還是摀著右臉頰的緣故。

這時，我才發現小李右臉頰腫的像豬頭似的。

「你們看看你們的同學小李，這麼多年來，小孩子個性一點都沒變。牙齒痛也不去看牙醫，聽任它變成蜂窩組織炎，輕輕一碰，當然痛到受不了。」柏芳惠說。

「咦……」

「沒有啦，還沒到蜂窩組織炎啦……嘖嘖。」小李說。

「牙齒痛還是得看一下牙醫啦。有篇推理小說中不是曾提過『名偵探也是會蛀牙的』的這種可笑句子嗎？」幾天來始終情緒低沈的我，此時竟然可以回應出這種話語。

「ㄟ，這可是難得的機會，我才不要治療咧。我要感受一下牙痛的感覺，等待這種痛死人的感覺我可是期待了好幾年了。」

「牙痛還要期待？別鬧了。」

「所以囉，醫學哲學家的內心，一般人是難以體會的。醫生沒有親身體會病人的苦痛，是絕對沒辦法眞正去傾聽病人的主訴的。講到這裡，久未見面的兩位室友同學，先體諒一下，我要發一下牢騷。先問大家一個問題，小李我眞的是『色色的嗎？』」

「爲什麼要問這個問題？還有，容我插一下嘴，醫學哲學家是什麼？我只記得小李醫學院時代選修的哲學課是死當。」我有氣無力地說。

「ㄟ，blue，麥啦麥啦，不要給我漏氣啦，假裝一下嘛。而且今天我跟老秦是來幫忙解決您的麻煩的！你不要這樣啦，這樣我們醞釀解決問題的氣氛會岔掉的。還有老秦，你還是這樣悶，不要一直喝咖啡啦，注意聽我講啦。老同學久沒見面，總要先寒暄寒暄。對了，blue，你那是什麼造型？我現在才發現你這是走後現代主義頹廢路線的造型，怎麼會有這種創意？」

「我只是鬍子刮不乾淨，頭髮沒有整理而已，最近心情一直不好啦，哪有時間管什麼後現代前現代的。」我說。

「好啦，回歸我的問題，我眞的『色色的』嗎？」小李說。

我點頭。

老秦點頭。

柏芳惠也點頭。

「我很失望！『色色的』跟『花花的』是不同的。我承認我從醫學院以來就是花花的，但是我可不是色色的，我再問一次好了，我眞的色色的嗎？」

趕在我們其他人有所反應前，小李直接往下講：「其實是這樣的，身爲婦產科醫師，還是有其無奈的地方。每次社交場合，blue你會說：『嗨，你好，我是精神科醫師』，老秦會說：『嗯，我是神經外科醫師』，這都沒什麼特別的。爲什麼？爲什麼？當我小李說：『大家好，我是婦產科醫師』，聽的人馬上露出：『啐，你這個色胚！』的眼神，要不然就是尷尬地微笑，男性婦產科醫師有那麼好笑嗎？拜託，雖然是有點陰錯陽差踏入這行，但是，我小李可是優秀且專業的婦產科醫師啊。」

「你好像滿腹牢騷，怎麼了？」

柏芳惠說：「其實還不是關於牙痛的問題，我跟他夫妻間有一點小小辯論。我說男的婦產科醫師，平常講的天花亂墜，可是再怎樣也沒辦法體會女性病患的產痛與生理痛，因爲沒有經歷過，說什麼專業不專業都沒說服力！」

「尼看看尼看看，兩位評評理，有人說人生最痛一是產痛，二是牙痛。既然我沒辦法懷孕生子，那我弄個牙痛來替代總可以吧。大家看我現在痛得死去活來，若還懷疑我仁心仁術，悲天憫人的胸懷，不是太不夠意思了嗎？」

「這種事情有必要證明嗎？原來賢伉儷這些日子來，就是這樣增進生活情趣啊。」

「嗯，當然要證明，眞理是越辯越明，跟夫妻不夫妻是沒關係的啦。不過，話說回來，blue這時候看來好像精神恢復不少，那不如還是來談談最近那些報導是在搞什麼鬼？而且名偵探小李我，就是爲了這件事，一家老小兼程從台北南下友情贊助哩。說，看看這件事到底是怎樣地奇怪法。唉呦，痛死了，講太多話也會痛，要命！」

□

「的確是奇怪！」小李搔著頭皮說。

我實在不知道該怎樣去陳述這整個怪奇的事件，才能將這些日子以來，我心中的困惑與不安，翔實地吐露出來。

身爲推理小說作家，描述杜撰的詭譎故事，原本該是駕輕就熟的事情，但是這個發生在我身上的眞實事件，實在是超乎我理智所能理解，就算僅僅是回想，我發現我焦躁不安的情緒就會莫名其妙地發作。

但是在老秦與小李面前，我第一次擺開精神科醫師身份的包袱，像個叨叨絮絮、講話沒有條理的病人，陳述這些日子以來發生的事件。

醫師若可以認眞傾聽，病人當然可以冷靜地掏心掏肺。

有問有答有討論。其實老秦與小李在特地來到高雄前，就已經知道整個事件的大概，我現在講的都是事件的細節，以及我的顧慮。

「三個事件，五條人命……」小李說：「聽起來的確明顯透露著奇怪。要不是我早就看過報紙報導，現在聽你講，還以爲在聽一個驚悚的連續殺人事件哪。有報紙臆測，推理作家的你，該不會是窮極無聊自導自演吧？推理小說的情節中，常常有過氣到不行的作者由於文思枯竭擠不出東西，就自導自演一些怪奇的事件，所以人家會懷疑blue是不是走火入魔，幹下這些殘忍怪異的殺人事件啊。你的小說，當然從醫學院以來，我都看過了，寫許仙的那本《光與影》我就看過好幾次。每次我都懷疑我是不是感情太豐富了，因爲我每次都看得一把鼻涕一把淚，像現在……啊……光回想就想掉眼淚……我小李眞是性情中人啊！不過就像之前我所抱怨跟不滿的，你既然是事件的記述者，又要用小說筆法來寫眞人眞事，文學我是不懂啦，但是這必然會矛盾嘛。我怎麼看，都覺得老秦才是主角，我小李好像都沒有戲份可以發揮，這樣我怎麼培養起我廣大的女性粉絲哪。」

「小李，你不要口無遮攔亂講啦，還有你要什麼女性粉絲？你有我就好了。」柏芳惠又擰了小李大腿一把。

小李痛得哇哇叫。

「老實說，我心中是有一點擔心……人是我殺的……」我吶吶地說。

「怎麼說？」老秦說。

「這是一種說不上來的怪異感覺，或許說是職業上的疑神疑鬼好了。這段時間，我窩在宿舍中回顧這些事件，我相信人都有隱藏起來的另一個自我。七年來，常常失眠精神不濟的我，在我個人沒有記憶的時間內，比如說，在我一直以為深度睡眠的時段中，我是不是幹了什麼事，我個人是越來越沒有把握的。尤其是我把自己鎖在宿舍中，這個事件好像忽然就停止了。沒有凶案，沒有警察，沒有騷擾的信件，有的只是一連串圍繞在我身上的八卦報導與朋友的關心。」

小李立刻說：「那手銬拿來，blue你被捕了，你可以保持沈默……啊，好痛。」

「我想我有件事可能要在這裡說一下，或許你們可以比較了解我在這個事件的尷尬角色。那封電子郵件的內容，我已經印下來給你們了……至於『藍霄先生，當年，您也有份』這句話……是因為七年前……在張時方遇害的那天……我被……可不可以請大嫂迴避一下……」我有點囁嚅地說。

……

我勉為其難地講出我受襲的隱私。

我發現小李強忍笑意的表情。

「如果是這樣啊……那麼，這幾個事件就連接起來了，我們比較可以體會你在這個命案中的尷尬立場。」老秦說。

「……」小李還是同樣的表情。

「不過那只是我依稀的印象。現在回想起來，我也不敢肯定……一兩個禮拜前，我拜訪過三民分局後，曾回到張時方命案現場的研究大樓。出乎我意料的是，我受襲的地點竟然跟研究大樓只有一牆之隔。這種地緣關係的巧合，讓我的感覺相當不好。」

「如果張時方體內的精液是你的，其實還是不能證明什麼。K醫院的急診有你的病歷，紀錄你的受傷狀況……」

「這也是困擾我的地方。我後來查到張時方體內的精液是血型A型的男人所有。張時方是被榔頭敲擊致死，榔頭上殘留的血跡以及毛髮，除了張時方所有的O型血型之外，還查到A型血跡與毛髮反應，而且這跟死者體內的精液來源是同樣的。」

「……」小李還是同樣的表情。

「小李，你可以笑我，你不用忍住。同學那麼多年，我知道你的正常反應。還有可以請大嫂回來了，對她眞是不好意思，因爲她在場的話，我眞的沒辦法把剛剛的事說出口。」

「哈哈哈哈……」小李的笑聲就像決堤的江水。「警方怎麼解釋這種現象？」

「榔頭是醫學系八十四年班的公物。據調查是早就在辦公室中的東西，警方推測，可能是張時方拿起榔頭反抗犯人，反被奪走而痛擊致死。」

「你在急診的傷口紀錄怎樣？」

「我查過，不是致命傷，但是除了讓我痛的頭冒金星外，足以讓我昏厥。但是腦部受傷這種事，我們都知道很難作準，受傷前後的記憶很難作精確的推斷。」

小李說：「所以，blue你是眞的擔心，你當年想侵犯張時方，結果張時方拿起系辦的榔頭敲擊反抗你，導致你獸性大發，姦殺了她，本想逃之夭夭，結果卻由於腦部受創，暈厥在跟研究大樓一牆之隔的圍牆外面？」

「本來我才不會有這種想法……但是在了解團團迷霧般的事件後，我不得不正視這個可能性。」我有點無奈地說。

「榔頭？在辦公室中準備那個榔頭是作什麼用途？辦公室榔頭一般是放在那裡？」老秦問說。

「據說當年是爲了掛上公佈欄的釘子所準備的，用完後一直擺在書櫃的抽屜與其他工具擺在一起，平時也沒人會特別去注意這東西，沒想到這會變成殺人的利器。」

「這樣啊……」

「其實這事件眞的很複雜難解。名偵探小李久未辦案，請大家不要忽略我的推理辦案能力。blue有難，找我就對！是的，blue有嫌疑，但是基於同學情誼與感情上的偏見，我們都認爲blue是無辜的倒楣鬼。無辜者總要有正義化身的使者見義勇爲，正義的化身當然不是律師，也暫時不需要律師，正義的化身就是我。是的，不要懷疑，就是名偵探小李我，這個事件我要發揮跟我的英俊等比例的高超智力來解決。到時blue如果眞要記錄這件事，請注意筆觸要確實，主角是我小李……ㄟ……女主角當然是懷孕八個月的大肚婆……可能不需要強調大肚……的柏芳惠，老秦這次你是助手。助手就是華生，助手的光芒要稍微收斂一下，不要搶了我的風采，一切看我的。好的，現在我要線索，請給我線索。第一點，李妙意的死又是怎麼一回事？我發現不管是電子郵件的內容，還是沈寂的張時方的命案都提到了李妙意。」小李說。

「我是在三民分局第一次聽到這個讓我非常訝異的事件。她可能是在六月十三日與六月十四日交接的深夜跳入澄清湖自殺的。死亡事件如果單獨存在並不會讓人納悶。牽扯在一起的連續死亡事件，才會讓我深深不寒而慄。這段時間圍繞著我發生的事件裡，我注意到好幾個熟悉的名字。閱讀資料的過程中，混入恍惚的印象，我感覺很『不自然』，卻說不出明確『不自然』的地方。但是『死亡』本身對我就是衝擊，像那身首異處的屍體……」

「等等……那個身首異處的命案，待會小李我也會討論。先focus，focus一下，blue，不要跳躍式思考，先說說這個李妙意。根據名偵探小李我的第六感直覺，這位李妙意小姐……李妙意醫師好像大有問題。」

「小李，你不要亂猜啦……」柏芳惠說。

「小惠，雖然我很習慣，但是你不要一直潑我冷水啦。」小李說。

「自殺本身就是悲劇，我們不要隨便亂懷疑別人啦。」柏芳惠說。

「追求眞相，只有一個原則，不可以涉入太多的情感。對就是對，錯就是錯。所有可以懷疑的對象都要一視同仁，不可以因爲背景或是立場的不同，而忽略不計。」小李說。

「老公你這樣說是很帥啦。但是……一個弱女子……」

「錯！女子前面不要加『弱』，加上『弱』就有性別歧視的味道在內。我不像那個少根筋的阿諾從醫學院以來就是沙文主義的擁護者；相反的，我可是男女平等主義的信徒。」

「女孩子本來就是弱勢……」

「錯！就像blue在八卦媒體面前，是受人宰割的弱勢，但是弱勢若是牽扯到犯罪，只有『有犯罪』與『沒犯罪』的問題，沒有『弱勢』『不弱勢』的問題，觀念要改一下……啊好痛！你又捏我。」

「那個李妙意的自殺，根據警方的調查，是跟產後憂鬱有關。」我說。

「不對吧，從王明億信件的內容看來，到六月十四日爲止，李妙意應該離預產期還有段時間距離，這樣怎會有產後憂鬱的診斷？」小李表示疑問。

「她是還沒到預產期沒錯，不過，不幸的是，她在四月七號妊娠二十三週時，由於早期宮縮安胎失敗，胎兒流產流掉了。」我說。

「啊。」柏芳惠發出惋惜聲。

「產後憂鬱是哪家醫院哪個醫師誰下的診斷？」小李問。

我望了秦博士一眼，再看看小李夫婦。

我低下頭，以略帶無奈的語氣說。

「我！……是我！在四月十三號，李妙意來過C醫院看過我的門診。」

□

澄清湖為聞名國內外的風景區，平時前往拍婚紗照的青年男女不絕於途。由於此處風景秀麗、視野遼闊，除了吸引來自國內外遊客外，卻也是知名的自殺景點，抱持自殺意圖來此的人始終不斷。不少心情鬱悶的人前往澄清湖風景區內投湖、跳樓，或利用高大樹林上吊自殺，其中又以投湖自盡最為常見，有人舟車勞頓遠從其他縣市前來，只為自殺……

根據風景區的工作人員分析，到澄清湖自殺者可粗略分為三種：最常見者為久病厭世，尤其是隔鄰C醫院，偶爾會出現病患獨自一人進入，也曾有從其他醫學中心遠道而來的自殺者。第二為股票大跌時，隨即有數人尋求自殺。第三為經濟因素，如負債、倒會等等；而感情和家庭因素永遠是自殺者最難解的人生課題。

除投湖外，澄清湖工作人員亦指出，每逢大考過後便可見自殺者或有意自殺的人。曾有名年輕女性，因連續兩三年沒考上，從知名的「中興塔」一躍而下，也曾有精神病患同樣選擇中興塔作為終結生命的終點站。

對於澄清湖竟成為自殺去處，自來水公司第七管理處觀光課亦相當無可奈何。尤其在農曆七月，更會出現各種穿鑿附會的鬼魅傳說，比如說湖中的九曲橋名景，因為投湖者常登橋躍下湖面自殺，此橋往往諷刺地成爲自殺斷魂者的「奈何橋」。所幸，近年民智大開，遊客對此僅當成「笑談」，每逢暑假期間仍是遊人如織。

交通部觀光局進行督導考核時，更特別提醒工作人員，最好全體都接受急難救助訓練，以備不時之需，避免救人時反而被拖下水；觀光課人員開玩笑說，可能是當地地點好、風水好，才會吸引人前往自殺。幾年以來，所有工作人員一旦發現不對勁，即報警處理或暗自追蹤；但恐怕很難完全禁絕……

□

「剛剛那是一篇介紹自殺之地澄清湖的特稿文章，大家可以看另外一則新聞……這裡說……雖然澄清湖目前還在進行湖底污泥的清除工程，在六月十四日白天依然有遊客前往，結果有遊客發現，在傳習齋研習中心靠近未乾涸的湖池中，有一紅色物件載沈載浮，似乎是個人體……相當遺憾，這段新聞裡出現的人體就是那個喜歡戴帽子的李妙意醫師的溺死屍體。」我說：「據警方調查，她在六月十二日就離開家裡不知去向。她的丈夫周國棟醫師承認在六月十二日深夜，夫妻雙方是有一些齟齬，因爲結婚以來，兩人感情甚篤，這是第一次有言語上比較激烈的爭吵，沒想到負氣的李妙意竟採取如此強烈的方式來發洩情緒。

「人會自盡，有時不是偶發的事件所造成的。當時聽到李妙意自殺，因爲這名字太過熟悉，我相當震撼。我向三民分局要了她生前的照片，發現她十分眼熟，我應該見過她。直覺上，我想她會不會也是我的病人？因爲地點又是在澄清湖，與我工作的C醫院有地緣關係，所以我馬上回醫院查門診病人名單。更令我吃驚的是，在四月十三號，李妙意眞的來過C醫院看過我的門診，當時我給她的診斷是前面提過的產後憂鬱症，那應該是我跟她的第一次接觸。」

「又是眼熟？插個嘴問個話，回歸你剛剛想提的那件斷頭案子，那個也是讓你眼熟的身首異處的頭顱，後來有查出頭顱死者的身份嗎？」小李問。

「警方還是查不出來。」

「照片有帶過來嗎？」

「我請同事透過法醫朋友管道，弄了一張。」我遞給了小李。

「呃……眞令人反胃哩。奇怪，名偵探看到屍體照片怎麼可以反胃呢？小惠這種照片你不要看……」

「會覺得噁心是正常的反應。」

「軀幹眞的是屬於王明億？也就是說，眞的有王明億這個人？」

「嗯。」

「那李妙意眞的是自殺嗎？現場有遺書一類的東西嗎？或是有人目擊嗎？」老秦問。

「確定是生前落水，情況推定是自殺沒錯。現場沒有找到遺書，也沒有人親眼目睹她投湖自殺。但是在六月十三日白天，有人目擊與李妙意同樣穿著、戴著紅色遮陽帽的女子在澄清湖九曲橋徘徊，據說這女子一副心事重重的樣子。據法醫推定，她應該是在六月十三日及十四日交接時分落水的。澄清湖晚上並不開放，當然不容易有目擊者，加上靠近現場的傳習齋研習中心，在案發其間，並沒有人承租舉辦活動，所以警方沒有找到精確目擊李妙意自殺的人。」

小李說：「這眞是怪事，該是自殺的找不到遺書，不該自殺的斷頭屍體，反而現場留有一封遺書。」

「若知道爲什麼這樣，我現在也不會這麼苦惱了。其實大部分的自殺事件，往往並沒有遺書的蹤跡。遺書的有無，很難說在這類事件中的角色是怎樣……」我說。

「李妙意來到你醫院之後，有表明自己的身份嗎？據我以前實習的經驗，精神科問診不是都得詳細塡寫自己的身家背景嗎？」老秦說。

「其實她這部份保留許多……我對她印象深刻可能還是由於她的帽子吧。」

「她到底到你精神科門診幹什麼？爲什麼你會下產後憂鬱症的診斷？」小李問。

「這部份其實我不應該談太多，因爲這牽涉到病人的隱私問題。職業倫理上我不能講太詳細，反正她是符合典型的產後憂鬱症的特徵。」我無奈地說。

「我同意你的說法……不過，我想我們還是有稍微變通的方法……乾脆我問，你答，如何？」小李說。

我頷首。

「所以她就只去過你一次門診？」

「是的。」

「只看一次就下診斷？會不會太武斷？」

「其實她並不是很合作的病人。我想醫生的毛病都是這樣，當醫生變成病人後，通常會變得不太合作。不過她的主訴症狀都相當明確。」

「你剛剛說她沒有表明身份嗎？我指的是，當初門診她沒有表明本身的醫師身份嗎？」

「沒有。很多時候，對方會因爲種種因素而不想回答，或是不想全然與醫師合作，我們並不能強迫，尤其是初診的病人。有時幽閉的心扉並不是一次門診或是短時間的問診可以立即打開的。我有約她回診，不過她並沒有如我的醫囑如期回診。事後回想起來，這是相當令人遺憾的地方，唉……」

等我說完，老秦才久久問出一個問題：「產後憂鬱是因爲流產的事件？還是有其他伴隨的壓力來源？」

「從病歷回顧記載，應該是因爲流產。至於是不是有其他壓力，從現有的病歷資料與我回憶當時的情況來說，我沒辦法很明確地回答。」

「那麼，精神科醫師不是最喜歡講話了嗎？在跟李妙意的對談中，難道她沒有提到一些跟產後憂鬱無關的事情？」小李似乎不是很在意地這麼說。

我望著小李。

「怎樣……？」似乎我的沈默引來小李的追問。

「是有提到……」我說：「她提到她是……犯罪者。」

「犯罪者？什麼犯罪者？犯了什麼罪？」

「她沒說。對談中出現『犯罪者』這個名詞，必然牽涉到病人本身內心最隱私的部分。我當時並沒有誘導……因爲犯罪跟產後憂鬱感覺搭不太起來。其實就像是主訴中岔開的囈語，因爲其他部分的陳訴都跟典型的產後憂鬱相關，所以當時我忽略掉這個岔開的對話段落，並沒有特意想立即去探究它。」

「犯罪，犯罪者……這個詞意味深遠啊。這樣，我名偵探小李是有點頭疼啊，她到底是犯什麼罪啊，現在人死了，也沒辦法直接就問出答案來，犯罪者……感覺上與她有關的犯罪事件，會不會就是環繞在blue你身上的這些事件啊，因爲這些事件都是明顯的犯罪啊。」

「我也不知道。」

「那還有提到什麼比較特別，而且可以透露給我們知道的？」

「嗯，除了犯罪以外，她提到夢境的事。她說這一陣子她夢中常出現張牙舞爪的條蟲。」

「什麼蟲？」

「條蟲。」

「那個寄生蟲的條蟲？」

我點點頭：「如果從佛洛伊德的夢的解析理論的角度，當然可以來推測她夢境出現這種情境的可能含意。但是實在很難把張牙舞爪的條蟲與現實生活中的實際事件連接在一起。」

「條蟲？條蟲哪來的張牙舞爪？」

「所以這是夢裡的幻象。」

「條蟲！拜託，醫學院階段所學的東西早忘光了，尤其黃風講的寄生蟲課我一向豎白旗。嗯，老秦，你是助手，助手有時還是得嗆嗆聲。我忘記的，我想你一定不會忘記，你的記憶力一向超強。嗯，不能講超強，要講不是一般人類所該具有的怪異記憶力。說說條蟲的相關知識，讓我回想對照看看。」

老秦撫著下巴：「這個……我也忘的差不多，這個……醫學上臨床並不常用得到。我試著把記憶中的印象勉強拼湊看看……我記得條蟲是屬於扁形動物門，條蟲綱，有關的有擬葉目及圓葉目兩類。前者屬水生食物環，後者屬陸生食物環。擬葉目底下條蟲的種類很多，多寄生於魚類，其中能寄生於哺乳類的，僅僅只有裂頭條蟲一科。條蟲是雌雄同體的內寄生蟲，長而扁平。沒有體腔和消化道，蟲體包含有頭節，頸，以及蟲體。蟲體由極多之節片構成。每一節片通常含有一或二對之雌雄生殖器……」

結果，老秦就這樣把條蟲的型態與生活史與治療，相當順暢地講了出來，講的我們目瞪口呆……

「喂，怪胎，你的腦漿成分是不是不一樣？『爲什麼平平十八歲，體格差那麼多？』」小李說：「經過這麼多年，你怎麼還記得那麼清楚?」

「我記得當年寄生蟲這門課，老秦考滿分哩。」我說。

「雖然好漢不提當年『差』……ㄟ……我考二十九分，死當。」小李說：「拜託，寄生蟲最無聊了，臨床上又用不太著，背一些life cycle無聊死了。」

「那是藉口。」柏芳惠說

「唉呦，小惠你又讓我漏氣了，好吧!我承認是我當年不認眞，實際上寄生蟲學科，臨床上還是很有用的，比如說陰道滴蟲、梨形鞭毛蟲，門診偶爾還是會碰到啦，只是……老秦你的記憶力已經不能叫做正常了，那是病態，病態的聰明。你一定有偷吃機器貓小叮噹的記憶麵包對不對?說，說實話。」

「名偵探『小李』……哪有這種名偵探啦。孩子的爹，不能這樣啦。不過，我這個局外人倒是很好奇，李妙意別的不夢，夢境中出現條蟲是不是有什麼隱喻的意義?」柏芳惠說。

「目前我很難去解析這個夢境的含意。」我說。

「傷腦筋。」小李說：「好了，老秦你在那邊旁聽了那麼久，問的也不多，關於李妙意你有沒有什麼疑問?」

「我是有疑問。」

「喔。你說說看。」

「李妙意是產後憂鬱症患者，因爲她在四月份流產過。她懷孕的事，在王明億的電子郵件講星咖啡那段也有提到。不過，李妙意的先生是周國棟醫師，如果王明億的電子郵件講的是眞話，周國棟與王明億都是無精蟲症患者，那麼請問一下，李妙意當初流產掉的胎兒，它父親的精蟲來源是怎麼一回事？」老秦說。

聽老秦這麼一說，我的心跳突地加速。

小李一點得意的樣子：「所以囉，所謂的隔行如隔山，這就得要問婦產專科醫師兼不孕症醫學會會員的小李我囉，咳咳……我喝口水，來賣弄一下專業知識，講給你們知道。關於男性無精蟲症主要分兩類：一、阻塞性無精蟲症 。二、非阻塞性無精蟲症，後面這種通常是腦下垂體賀爾蒙失調或是睪丸製造過程當中因爲某種因素有先天上的障礙所致。

「其中，『阻塞性無精蟲症』的男性患者，睪丸製造精蟲能力正常，只是排出精液的管道阻塞，這可能是先天或後天的原因，導致睪丸所製造的精蟲無法順利射出而導致不孕。

「一九九二年Silber首先利用顯微手術的方法，從無精蟲症患者的睪丸裡取得精蟲，進一步使卵子受精，並順利懷孕成功。此後爲了使這類難孕夫妻能順利受孕，常利用極細之針頭從副睪或睪丸之曲細精管內吸取成熟或尚未成熟的精細胞，或是進行睪丸小切片取出精蟲，再配合單一精蟲『卵細胞質內精子注入術』，即顯微受精術，簡稱ＩＣＳＩ，都能一圓求子夢。

「以往，無精蟲或極度寡精蟲症男性不孕者症患者，幾乎只有採取精子捐贈一途。自從有了ＩＣＳＩ後，因爲它具有較高的受精率與懷孕成功率，於是成爲現代生殖醫學領域最熱門的主題之一。

「所謂ＩＣＳＩ則是利用吸取一隻精蟲的注射小管，穿過透明帶與卵子的漿膜，直接將精蟲注射到卵漿裡面。穿過透明帶與卵子的漿膜，直接將精蟲注射到卵漿裡面。比利時布魯塞爾的研究小組最早將此ＩＣＳＩ胚胎植入人體，之後也懷孕且產下一健康的胎兒。只是人工生殖科技牽涉到精卵胚胎的操作，在醫學倫理上的注意與要求，自然會更嚴格。ＩＣＳＩ最近十年來一直都是生殖科技的熱門話題。這不但是因爲ＩＣＳＩ的高受精率與高懷孕率，而且因爲透過ＩＣＳＩ的受精現象的研究，使我們對人類受精的生理與機轉有進一步的了解。

「還有！我要強調，男性無精蟲症患者在性生活能力、身體健康程度上並沒有多大的障礙，總有人把男性不孕當作是多麼難以啓齒的隱疾，這都是純然無知的誤解，我一定要澄清它！這只不過上帝跟自己稍微開的一個小玩笑，跟其他身體上的病痛毛病都一樣，都是可以解決的毛病，重點是我們要怎麼面對它，尤其我看到王明億寄給blue的電子郵件內容，裡頭似乎透露出對無精蟲症心態上的蔑視，這是不對的。

「當然關於這部份再講下去，是三天三夜也講不完的。我簡單講到這裡，請掌聲鼓勵，你們的室友小李，可是超專業的婦產科醫師，啊，牙痛！」

捧場的掌聲響起。

□

醫生的形象到底是怎樣？我不知道一般人是怎樣看待醫界和醫生，但是我始終認爲醫生也是人，也有普普通通的喜怒哀樂情緒，既使我們都已經三十多歲了，但是同學室友們聚會間的互動，與診間面對病人是全然不同的。

所以在暑氣逼人的午後，我覺得我的內心漸漸地解放，這跟這兩三個禮拜以來逼人的不快狀態，是兩極的情況。

所以好朋友的聚會與聊天，對於鬱悶的情緒是「心靈上的處方籤」。身爲精神科醫師的我，過去講得很輕鬆，如今卻多了一層體會。

「小李講得很好，令人刮目相看。我很清楚了，以後有婦產科方面的健康諮詢我一定會找你。」老秦說。

「當然沒問題。不過，老秦你需要安全期的推斷諮詢嗎？你不是超害羞嗎？害羞到超安全。你這樣不行啦，這可不是醫師之言喔，而是好同學由衷的建議啊，你不要害羞。像我過去就是超害羞，看到女孩子就臉紅心跳，但是誰會料掉我這樣會陰錯陽差地變成專業的婦產專科醫師呢？」

「但是……我覺得小李你剛剛講的『像我過去就是超害羞，看到女孩子就臉紅心跳』這兩句話好像從來沒有成立過……」老秦說。

我和柏芳惠一致附和。

「不要質疑專業！」小李說：「我說就算。」

這時，柏芳惠看了一下手錶，單獨先行離去到附近的百貨公司逛街，購買新生兒用品。

□

「小李，你是講得很清楚沒錯，但是我剛剛看了blue帶來的資料與手札，我發現這點，似乎還是有點奇怪。」老秦說。

「怎樣奇怪？」

「如果照小李你所說的，無精蟲症患者要有下一代，基本上經由人工生殖科技還是可以達成。但是據我所知，生殖科技的治療，顯微受精術ＩＣＳＩ，應該還是必須提報衛生署列管的項目，而且這種技術並不是一般的婦產科診所就可以進行，必然得在合格的人工生殖機構從事才可以。這部份牽涉到病人隱私的問題是沒錯，但是剛剛blue提到，他曾以醫師身份低調去調查這部份，先不管blue爲何去查，我記得blue說，李妙意並沒有接受任何人工生殖技術的治療……」

「喔，對喔。那我還賣弄了一堆，這個啊……我想想……對了，blue你爲何會想去查這個？」

「因爲這是相當關鍵的部分，我是有注意到這點。在病人隱私跟謎團解決之間擺盪，我是相當猶豫。我講實際情況好了，因爲我個人七年前難堪的經驗，對於這些事件中出現的精液、精蟲、懷孕等等的，我是相當敏感……因爲牽涉到我個人，所以我才會私下去調查。我僅僅在我個人關於李妙意的調查紀錄中，簡單提到過去病史一欄裡「病人無接受任何手術及人工生殖技術受術經驗」，沒想到老秦還是注意到了。我想，因爲大家都有醫學的背景身份，或許我們可以以純粹討論醫學問題的心態來看待這問題。」

「如果blue講的是眞的，這就比較不好講了……我會比較懷疑……嗯……會不會，王明億的信是亂講的，周國棟的精液沒問題？」

「很遺憾的，在四月十號，周國棟曾在一家婦產科診所接受精液檢查，他是典型的無精蟲症沒錯。」我說。

「婦產科診所？」老秦說。

小李說：「嘿，這我來答好了。一般人總以爲婦產科診所都是女性病人，其實婦科門診不乏這類要求精液檢查的男性病人。此外要求親子鑑定的男方、結婚諮詢的未婚爸爸、男性變性慾者、男性假性陰陽人、睪丸雌性化的病人……等等，在任何婦科門診都有機會會遇到這類病人，某種層面上的需要就會照會其他專科了，當然也包括blue的精神科。」

「……只是blue怎會突然提到婦產科診所，這中間思考邏輯上有點轉不過去。blue怎會想到要去婦產科找周國棟的精液檢查資料？而且還會知道要去哪家婦產科診所詢問？我的疑惑在這裡。」老秦說。

「其實，這也是意外得知的，因爲我知道李妙意是在哪家婦產科診所產檢，安胎失敗流產的診所也在同一間。這家診所的院長大家都認識，因爲他就是大我們三屆的學長戴摩齊。在李妙意自殺後，因爲發現她曾因產後憂鬱求診，與我接觸過，於是我直接拜訪當初幫李妙意產檢的醫師，作簡單的溝通。相當意外地知道李妙意醫師的先生也在這診所作過精液分析，因爲茲事體大，可能有潛藏的風暴，我們並沒有向警方提供這個訊息……」

「是捐贈的精蟲嗎？」

「也不是，就算是精蟲捐贈，也是需要衛生署的審核才能施術。」

「這就奇怪了。不過，當初的早產死胎與後來自殺的李妙意都已經火化了，很多東西沒辦法求證了。」

「這個很糟糕，我想這是奇怪的事件。表面上沒事，但是探究起來，可能大有問題。稍微處理不好就會傷害到當事人，攤開來找警方幫忙，實在也太不合適。」

「所以我才拜託你們兩個過來幫我，最近我已經心力交瘁了。」我說。

「沒問題，有我在就搞定。」小李說。「呃……因爲有點棘手，改一下。沒問題，有『我們』在就搞定！」

□

「這幾個事件的當事人，blue你有去拜訪過嗎？還有那件七年前張時方命案當時的幾位證人以及相關的人員，現在還查得到嗎？」

「其實，我在戴學長的診所得知周國棟的精液檢查報告後，就停止調查了，因為媒體的八卦造成我莫大的壓力。幾個相關人士，我都沒有再進一步去接觸，說我這段時間縮藏起來其實也沒錯……有時候夢境與現實，對我來說都有點攪混了，我實在擔心我在這幾個事件中的角色……」

「那當然了，幾個事件都繞著你走。其他人或許感受不深，但是聽完你的描述，我們再一段一段接起來後，當然可以明確體會這種奇怪的感覺。那個斷頭的無頭公案到底警方有沒有進展啊？說不定早就鎖定哪個變態的傢伙！還有那個張時方的命案也實在奇怪。報紙說，七年前後的兩樁殘忍無解血案，警方重啓爐灶，破案露出曙光，鎖定一推理作家，我根本不需要看內容，從標題我也可以知道報紙影射的是誰？總不會是橫溝正史還是艾勒里·昆恩吧。不對不對，這兩位都作古了，應該不是他們。推理小說我看的雖然不多，但是怎麼說我也是近朱者赤，近墨者黑，從許仙還有blue的身上，就可知道我這個多年的同學室友，對於推理小說，也是小有研究……嗯……以作品的嗜血怪異程度，來鎖定現在還活著的推理作家，那不就是……嗯，破案了，小李我宣佈破案：就是日本推理作家島田莊司或是綾辻行人了，兇手一定就是他們兩個之中的一個了！」

「……小李，你這是安慰我嗎？」

「……說實話，我是在安慰你，連我都覺得自己講的都是些三五四三，沒辦法，這是壞習慣。這次的事件要想解決，實在有困難度。唉，我小李這種名偵探是不隨便辦案的，但是怎麼可以這樣啦？難得我一出馬，就專門踢這種鐵板。糟糕，可能會漏氣……傷腦筋。」小李說。

老秦不說一語，繼續蹙眉看著我帶來的資料。

「如果一個搞不好，說不定blue就沒機會像過去一樣，把這次事件利用推理小說形式記錄完成了。喔，其實這樣講也不對，好像很多人在獄中也是可以寫書、出書的，弄個回憶錄也行。不過，萬一眞的沒辦法寫，文武全才的小李我還是可以代筆的，既然有可能變成捉刀的寫手，那我需要更加投入，好吧……讓我小李來分析那個王明億的來信吧……」

從醫學院時代起，老秦的「悶」與小李的「騷包」，似乎就是兩個極端。過去是這樣，隔了這麼久還是這樣，同學私底下的相處就是這樣。

小李雖然口無遮攔，有時還嫌油腔滑調，但是我知道他是相當積極且正經地想拉陷入泥沼中的我一把。

「先說這封電子郵件好了。原本以爲是亂講一通、虛構的鬼扯垃圾信件，結果沒想到，隨著接連事件的線索一點一滴的出現，原本以爲假的，居然會漸漸逆轉。整封信所述說的，通通似乎又變成眞的。

「而且對於張時方的命案與blue的事情，似乎又說的相當清楚。我想想……這封信會是誰寫的？署名是王明億，眞的是他嗎？」

我搖頭表示不知道。「其實我查過信件的來源，試著拜託朋友去調查ＩＰ與伺服器信箱，結果發現是白忙一場，查到的都是幽靈的虛設帳號。」

「好吧，嚴肅地跟兩位講一下我的想法，這可是超嚴肅的推理。請注意聽，我很少這麼嚴肅的，電子郵件跟過去紙張的信件是有性質上的不同，過去推理小說或是現實犯罪事件不乏所謂死者來信、綁架恐嚇信件、各類形態遺書、兇手自白信件……這些都是紙張信件。紙張信件可以去查郵戳，查住址，查殘留指紋，查筆跡鑑定……但是這些在資訊爆炸的時代，電子郵件幾乎顚覆了前述紙張信件的特性。

「所以使用電子郵件的目的是什麼呢？這是頗値得探究的地方。

「難道也是根據它方便快速、隱匿性佳、追蹤不易的特性嗎？的確，查郵戳、查住址、查殘留指紋、查筆跡鑑定，過去的辦案思維是通通不成立的，這也是現今垃圾郵件氾濫的主因。

「不過，小李我明確覺得，這封信只有兩個目的：一是告知，二是恐嚇。不管是告知還是恐嚇，事後來回顧，兩個目的都達到了。

「他鎖定的分明就是blue！

「恐嚇的形態相當多種，像這種使blue覺得是不懷善意的告知的信件，基本上就是一種恐嚇。

「問題是，鎖定blue恐嚇要幹嘛？金錢，女人……？似乎都不是。回顧過去的犯罪史，動機千奇百怪，從現有的電子郵件內容，其實目前還找不到對方明確這麼作的理由。

「對方雖然署名王明億，後來也出乎意料的出現王明億的屍體。事情是一環接一環，如果把blue與王明億擺在一起，這根本是在不對等的天平秤盤上面。因爲blue在明，對方在暗，收件者百分百是blue，寄件者卻讓人一頭霧水。

「這就是典型的惡意恐嚇信。

「等等，我講了多少字？老秦你要注意提醒我，這是助手的主要任務。我如果一口氣講超過三千字，牙齒會痛，要記得提醒我喝口水。Waiter……」

「這裡沒有waiter，要喝水得自己來。我去拿好了。」我說：「還要不要吃其他東西？」

「所以啦，blue，不是我說你，講話要有講話的藝術。有時候言者無心，聽者有意，如果沒有好好表達，善意也會被曲解成惡意。我嘴巴腫得像豬頭一樣，你還問我要不要吃其他的東西？……難怪會惹來一身腥。有人說醫生要低調，要保有自己的隱私權，你身爲醫師，成立網站還把自己的郵件地址暴露出來？難怪會收到這種電子郵件，你眞是……『夕鶴』……醫生與作家的角色分不清，全部攪在一塊兒。像我就不一樣囉，醫生有醫生時的威嚴，私生活小李有私生活小李的輕鬆，現在是名偵探就有名偵探的氣質，我可是將不同的扮演角色分得很清楚。」

「『夕鶴』？你是說島田莊司的『北方夕鶴2/3殺人』嗎？」

「推理小說中毒者就是像你這樣！是台語，不是『夕鶴』！你這樣動不動就聯想到推理小說，難怪對方一寫信過來，就牽住你的心思。好歹你也是專業的精神科醫師，怎麼對方似乎比你還會抓住人性心理上的弱點？當然了，我這樣數落我親愛的室友同學是不太對。精神科的治療病態心理與犯罪者的犯罪心理不一樣，但是你太弱了，要硬起來！勇敢地武裝自己去面對這些三五四三的局面！眞是的，從醫學院以來，我們六個人就是這樣，湊在一起，我的領袖氣質自然就散發出來了。雖然很想謙虛，但是又不想太虛僞，我得帶頭示範，給你們鼓勵與適度的開導。」

「但是婦產科醫師開導精神科醫師，這句話的設定有點奇怪。」

「所以我實在很難想像，如果少了我，悶到不行的老秦跟目前憂鬱到不行的blue湊在一起，能解決眼前這些尷尬的情況嗎？搞不好是相對無語或是抱頭痛哭的怪異場面哪！好渴。」

「不好意思，差點忘了，我去弄杯水。」

□

「寄給blue的電子郵件，跟王明億遺留在遊民中心的行李中找到的郵件一比對，照blue所言，少掉前面解離性失憶症的那一大段陳述。

「這是什麼意思呢？

「這封信感覺上，前面的內容，就像是一般病人與醫師之間的往來對話，所以通篇充滿無助的語言。基本上，一直到他自承姦殺張時方爲止，都還感受不到有威脅恐嚇blue的意味在，是直到『藍霄先生，當年，您也有份』這兩句話，才明顯讓人覺得有拖人下水的惡意。

「先不論信件的細節內容，爲什麼警方在遊民中心找到的信件少掉前面這段，是漏掉了嗎？還是警方找到的只是一般的草稿，寄給blue的才是完整的定稿？

「因爲其實從兩封信的文風，看不出來有多大的差異，至於稱謂、字體、語氣、文法習慣等等，據blue所說，似乎來也沒有多大出入，應該還是同一個人寫的。其次電子郵件的特性就在這裡，word檔案的文件，根本沒有所謂筆跡差異的問題，張三寫的信與李四寫的信，只要選同一種字型，要增減調換章節行數，根本沒有困難。

「不過說實在的，這封信相當啓人疑竇，是那種讓人一讀就欲罷不能的詭異信件。就這點而言，他是抓住了blue的閱讀心理。

「就過程來說，警方和八卦雜誌都是因爲在遊民中心找到的這封信件，才找上blue……blue你爲何不坦白向警方表示，你先前已經收到過署名王明億寄來的類似……嗯，還是應該說是不同的信件呢？……我想想……」

我相當無奈地表示：「當時刑警突然又找上門來，我是有點慌了手腳。而且，主動說我之前收到郵件有用嗎？警方從遊民中心找到那封信，因此懷疑我，並要求我驗ＤＮＡ，我如果承認，對這要求就可以拮抗了嗎？」

「嗯，說的也是。警方是根據遊民中心的信件找上門的，信裡後半段講張時方命案的部分是比較麻煩的，麻煩的這部份在第二封信件反而都沒被刪掉，好端端存在著。也就是說，警方是獲得信件的「提示」才又找上你。而這些「提示」，兩封信都有。有差別的是，第一次你就收到了。警方第一次拜訪時，blue也沒特別主動提及，事後再提，時機上就有點不恰當了。

「當然這種自我防衛的遲疑，會讓人懷疑你是不是因為張時方命案的關係，七年後成為殺人滅口的兇手？這時才再向警方補充說明說，你早些時候就收到第一封署名王明億的信件根本沒用。一來，你沒辦法證明這封信不是你自己寄給自己的，二來，你也提不出這封信真是王明億寄給你的確實證據……

「這就是電子郵件的特性。難怪你會啞巴吃黃蓮。對於這兩封郵件，老秦你有沒有什麼看法？雖然這次委屈你當助手，但是助手總不能始終沒有聲音，太久沒有聲音會讓人忘了你的存在，這樣會變成累贅的角色。還好你不是本格推理小說中的人物，因為如果是小說中累贅的角色，本格推理作家會把他刪掉的。幸好在現實生活中，沒有人可以抹煞任何人存在的事實。

「但是呢，有時候身為助手，還是要秀一下，要不然，到時就像王明億在信中所說的：『為什麼？為什麼？大家都忘了我？』人生如同戲劇，還是要適時搶一下戲啦。」

聽著小李的後面幾句歪理，老秦微笑問說：「王明億眞的是遊民嗎？」

「啊，那就得來審視他信件中的內容講的是眞還是假囉。這部份blue自己有查過一些，blue你可以先補充說明一下，讓我和老秦更清楚。」小李撫著蛀牙處說。

我說：「基本上，世上是眞的有王明億這個人，這是沒有疑問的。因爲那件身首異處的命案，王明億這個人確實已經死了，而且遊民的登錄資料、指紋，與其他的證據都確實證明，世上是存在有王明億這個人。

「只是，他到底是不是眞的是遊民?這是信件裡失憶症那段的問題所在。

「我想，不妨從信件所說的，從王明億在星咖啡館上廁所之前和之後這個時間的截斷點來看。在截斷點之前，他自認爲是K醫大風濕免疫科的醫師。在截斷點之後，他變成遊民中心資料所登錄的遊民。

「這是截然不同的身份。

「在星咖啡館，也就是這裡，十二月七日的騷擾事件確實是發生過的，因爲警方曾派人來處理。

「我是曾取得警方當時調查這件案子的一些資料。但是相當無奈的是，因爲今天是七月八日，所以我們現在是在十二月七號時間截斷點之後的「時空世界中」。突然冒出這個詞很奇怪，在現實生活中考量所謂的時空世界是有點無稽，但是要釐清信件令人困惑的地方，就不能迴避這個名詞。

「我所查到關於王明億的資料是這樣的：

「第一點，十二月七號之後，他連續騷擾一名K醫大藥劑科的女性葛來恩。王明億自稱是葛來恩的男朋友，葛來恩曾報警，這點是有報案紀錄的。後來發現這名男子在過去就是曾騷擾過K醫大附設醫院醫護人員前科的累犯，因爲有精神科就醫史，又是不合作的病人，後來在市立精神醫院又強制治療了幾次，病名是精神分裂症與解離症的複數診斷。所以這點，信中講的是確有其事。問題是，我根本沒有與王明億接觸過。他的就醫醫院我都沒有待過，診斷都不是我下的，一口咬定我就是奇怪。就這點而言，信件所提的又是錯誤的。

「第二點，王明億確實是屏東東港人，由於曾有傷害陌生人的前科，當初訴訟曾被斷定爲心神喪失者，所以不予起訴但須強制治療。但是在四年前，他就從屏東東港走失不知去向，所以早是個失蹤人口。他是一九七六年出生，如果以屏東東港這部份的相關戶籍資料與家鄉人士的證詞來看的話，在時間截斷點之後身份爲遊民的王明億，其實在時間截斷點之前，應該還是與截斷點之後的王明億爲同一人，而且都是心神喪失、有精神疾患的遊民才對。

「第三點就是時間截斷點的發生地，也就是我們現在所身處的星咖啡店，所發生的事件。根據警方的報案紀錄來看，在十二月七日，確實有信件中這幾位醫護理人員在此聚會，但是被一名『突然闖進的流浪漢』所騷擾。這名流浪漢確實是從廁所出來，意圖強行加入喜福會的聚會。因爲他有前科，又騷擾了這些人員，所以當時被帶回警局，作了筆錄。但是在強制轉送精神科醫院的治療中，他逃脫了。

「所以我從警方處所獲得的資料，都指向世上只有遊民王明億，但是沒有所謂的王明億醫師！也就是說，現實生活中的資料與王明億來信中所提及時間截斷點之後的身份，並沒有抵觸。

「這就相當詭異了，這不就變成我們相信不相信他所說的『人生消磁』，以及『世上認識王明億的人通通吃了孟婆湯而失憶的話』了。」

「那我當然是不相信了。什麼時空跳接，或是其他人記憶通通喪失，只有自己頭腦最清楚等等，這是無稽的說法，也是幻想的說法。」小李說：「不過，重點是，他爲何這麼說？他信誓旦旦地說，要證明世上有王明億醫師存在的證據在於張時方的案件。問題是這又是件無解的案件，除非我們眞的解決了這個張時方案件，才有辦法推翻或是釐清王明億所謂的失憶說法。畢竟他說他是醫學系八十四年班少算的一位，根本就像是法庭上的對答辯論，除非我們有能力推翻它，否則根本無法排除他所說的可能性。畢竟以科學角度而言，名偵探小李我還是不相信什麼其他人通通失憶的說法。老秦還有意見嗎？」

「我還是有點納悶……」老秦說。

「怎樣？破案了？不會吧，助手怎麼可以這麼早就破案，偵探我絞盡腦汁好不容易才釐出一點頭緒，老秦你不會已經知道答案了吧？請注意，老秦，這次如果你已經知道兇手是誰，我還沒問你前，可不要直接就講出結果，這樣……助手的本分就沒盡到了……不會吧，你已經知道兇手是誰了？已經解決謎團了嗎？」

老秦說：「我也是和你一樣搞不懂。」

小李露出粲然笑容：「早說嘛，大家都一樣嘛。那你久久不說，三不五時納悶一下，那種情境，讓我差點誤會事情已經解決了。哈哈哈……好說好說，那你在納悶什麼？」

老秦撫著下巴：「如果王明億是遊民，一個四年前就從東港失蹤的流浪漢，雖然之後高雄市社會局有列冊輔導，不過看得出來他不是一個會接受管束的遊民。我知道某些遊民流浪漢甚至受過高等教育，只是如果是遊民，身上有『身份證』我尚可接受，但信件中出現『信用卡』這三個字未免奇怪。雖然現在信用卡發卡氾濫，重點不在遊民持卡與否，而是在遊民身上持有信用卡幹什麼？這點blue似乎沒有特別去注意，不過我看警方記錄也沒有特別提到，到底有沒有信用卡呢？實際上『有』是奇怪，『無中生有』更是奇怪。」

「啊，老秦說的對。」

「還有……」老秦說。

「還有?!」

「寄給blue的電子郵件是word的電腦附加檔案。遊民中心王明億的遺留行李中也出現word的列印信件，信件的內容中也出現電腦這兩個字與使用的描述。對我而言，讓我覺得奇怪的除了信件的內容之外，喪失生活能力、有騷擾前科的遊民王明億，寫這兩封信爲何要使用電腦呢？遊民又要去哪裡使用電腦呢？網路咖啡店嗎？使用電腦後要列印成word文件稿，要在哪邊印呢？要用電子郵件寄送，要到哪裡去寄送呢？假設我早已喪失生活能力，我要告白，我要寄信，甚至我要恐嚇，就算沒辦法打電話，隨便找張紙來寫，不是比較方便自然嗎？對於遊民來說，電腦與網路對於一般人的便捷好處，其實是沒有意義的。而且王明億需要隱匿身份嗎？電子郵件是不容易追蹤來源，可以不必擔心筆跡鑑定等等的問題，雖然在明處的blue與在暗處的王明億是不對等的關係，但是王明億有必要去營造這樣不對等的局面嗎？除非他想犯罪，但是他不是早就犯罪了嗎？除非他得隱匿自己，問題是，看不出來王明億有這個必要。」

「對啊。」

老秦說：「所以這有幾種可能。第一，王明億根本不是遊民，他是王明億醫師，所以他使用電腦，使用信用卡。第二，王明億確實是遊民，但是他也確實沒有使用電腦網路，也沒有使用信用卡，也就是說，這信根本不是王明億寄的！」

「啊！」

「老秦，你不會……破案了吧。」

「我目前還是一頭霧水。」老秦微笑。

「吁……嚇了我一跳！還好名偵探小李我還有機會。」

第四章 陽關道上的小李

是的，沒錯。

如果這個事件眞能以推理小說形式發表，而且有讀者眞的從市面上把這本書買回家，並且翻到這裡，看到了這個章節，那麼我要在這章節的開頭，先騷包地註明一下。

是的，沒錯，這個章節是我小李寫的。

所以這裡出現的「我」，就是指小李我本人！

講是我寫的，似乎也不是很合適。應該說，這個章節是我小李記錄的才對。

第一次當作家，難免雀躍不已。雖然只負責一個章節，但我要求，必須原汁原味地展現我小李的文采風格，所以這裡都是我小李所見所聞的記錄。

名作家小李，推理之神小李，推理魔小李，推理新銳小李……這我承認，不管怎麼湊都不是很有氣勢，所以作者那欄不需要特別註明是藍霄小李合著，因爲不管是站著看，躺著看，蹲著看，趴著看……藍霄小李合著，小李藍霄合寫，看起來還是彆扭的組合字眼，我有這個認知。

所以我僅僅在這裡標明一下就好。如果有讀者看了反彈，那麼……實在很抱歉，您已經把書買回家了，這本書的第四章，的確是我這個生手寫的。喔，不，應該說是我這個生手記錄的。

什麼？您說什麼？一下子沒有聽得很清楚？……要退書？爲什麼？不喜歡我小李的文章？

這樣啊！好像不行咧。

而且，既然已經變成一本書，那表示這整個事件已經解決了。也就是說我雖然在這個章節的起頭說了一堆廢話，但是您剃頭已經剃到「一半超過」，何不忍耐地把它看完呢？

爲什麼要由我來記錄？

剛剛講過，是尊重我小李的紀錄著作權，哦……抱歉抱歉，我好像有點答非所問。新手上路，難免語無倫次。是這樣的，我的同學blue身心狀態似乎還沒調適好，加上這次又是涉嫌人之一，如果與當初命案的關係人直接接觸，實在是角色尷尬……所以除了今天星咖啡館這種地緣便利考量外，之後就不適合跟我們一道行動，繼續去調查這事件。

我們？沒錯，指的是秦博士與我小李。

但是在此處，我又要多嘴強調一下了，雖然我把秦博士擺在前面，不過這是基於記錄者的謙讓禮貌，也就是說，我小李還是偵探，秦博士還是助手。我雖然是記錄者，依然會客觀公正地謹守這個分際的。

所以以下大部分的段落，就是由秦博士與我小李兩個，繼續調查這幾件怪異事件的紀錄。

□

星咖啡館的紀錄

「去年，十二月七日的事件啊……嗯，這我不是很清楚呢。我得問問我們店長，你們是警察嗎？」在櫃臺長得相當可愛，有對小虎牙的小姐看了我一眼，接著再望向我身後的blue，最後目光停在老秦身上。

她爲什麼會有先看我，再看blue，再看看老秦的順序，根據我的推理是這樣的：一、我比較帥。二、我站的比較前面。三、因爲詢問的話是我說的，任何人都看得出來我就是帶頭老大。

以前醫學院的時代，我就說過：「義之所在，雖然兩『粒』插刀，亦再所不惜。」那是年少輕狂，不經大腦的話語。這麼多年後，我小李本性還是這樣，所以知道這次blue有難，說什麼我也要從台北下來一趟。

只是在學生身份無情地莎呦娜啦後，爲了保持醫師的「莊重度」與「專業感」，我就變得很憋。

話不能亂說，事不能亂作。

但是，我承認，我一向很聒噪。

現在的醫療常被抱怨，等待時間超長，無機檢查超多，問診時間超短。不過，像我這種聒噪的醫師，某種層面上還是挺受歡迎的。

講話「聒噪」算是相當嚴苛的自我批評了，應該是說我喜歡講話。是個超喜歡跟病人講話的醫師，這就是我。

尼看看尼看看……第一次紀錄事件，連寫字也變得聒噪囉唆起來，一下子就離題了，眞是抱歉抱歉。

……

我對著店員說：「我們不是警察。我是專門解決困難事件的偵探，這位沒事衣服穿很多、好像冷的要死的是我的助手，後面那位是精神科醫師……喔，小姐，不要誤會，不要以爲跟精神科醫師在一塊的人就是精神有問題的人。其實這樣講也不太對，更正一下，不要以爲跟精神科醫師在一塊的人就是精神方面有困擾的人。唉呀呀，修辭學與說話的藝術眞的很重要……反正我們是來請教你們，關於去年十二月七號發生在這裡的一件奇怪的事情，這是我的名片。」

「你也是醫師啊？」

「是的，生理痛，亂經，內分泌失調，分泌物異樣……都是我的專業項目。」我相當嚴肅正經地自我介紹說。

奇怪，她還是白了我一眼：「……我們店長來了。你們可以問她……偵探？台灣還有這種東西嗎？」

「唔……那當然有囉，不過一般是叫做徵信員啦。但是，我們不一樣，我們不是那種偵探。我們純粹是興趣，是那種不把事情搞清楚會便秘三天的業餘偵探。」我解釋說。

「請問有什麼事？我是店長。」這時，一個穿著整齊，圍著綠色「星咖啡」工作裙，看起來跟我們年紀差不多的女生走過來說。她的身上別著名牌：「店長：吳宜璇」。

□

「實不相瞞，因爲我同學最近很苦惱這件事。」表明目的後，我這麼說。

「你是說藍醫師嗎？」吳店長說。

「咦，你們認識？你知道……」我眼光在他倆之間遊移，blue也是一臉訝異。

「其實最近雜誌報導相當多，我們咖啡館也有人來採訪哩。」

「喔，原來如此。那……你更要幫我們忙了……拜託啦，都是自己人嘛。」我說。

店長的表情似乎對於「都是自己人嘛」這句話有點意見，其實那是我過去的口頭禪。blue的頭垂得更低了，臉上沮喪的表情不用看也想像得出來。看他這種樣子，我若是初見面，說他是專業的精神科醫師我可不信。

「去年十二月七日那個事件，我有印象，而且是印象深刻。要我幫忙回答這個問題，我當然很樂意，剛好我現在也有空。

「周醫師、李醫師、呂醫師，傅醫師，還有許純娟護理師都是熟客了。從本店開幕後，他們就常來這裡聚會，他們好像有一個類似同學會的組織……叫做『喜福會』。當然了，『喜福會』的成員並不只這幾位，只是他們好像都蠻喜歡咖啡文化的，所以常來常見面，多少算是熟客了。

「那天是因爲有一個流浪漢來鬧場……人家好好的同學會，聊得正高興，陌生的流浪漢硬要搗蛋加入，禮貌地請也請不走，吵起來趕也趕不走。因爲場面有點混亂，我們工作人員只好出面，後來是有一點暴力衝突，只好報警請警方出面……」

吳店長講到這裡，略作停頓看著我。老秦與blue也是不發一語望著我，這種情境，我相當清楚，明顯地大家都在等待帶頭老大我回應。

只是千頭萬緒，此刻我竟然不知道該從何問起。總以爲推理偵探小說中，偵探可以輕易洞燭機先，提出逼近命案核心的「大哉問」，但是現在，這種福至心靈輕鬆的想法在我腦海當中彷彿突然短路……我一直咿咿嗯嗯不知該從何問起。

「嗯，你……可不可以把當天的情況，再講……清楚一點！」好不容易，我擠出這個還不算太差的問題，總算維持住我偵探角色的一點顏面。

「但是我已經講得很清楚了……」

「這樣算清楚了呀？好吧，我先講我們所知道的情況……」於是我就把blue的資料拿出來，照本宣科先快速覆述一下我們所知道的部分。在講述告一段落，我打鐵趁熱，把我突然想到的一個疑問，相當直接地提出來：「如果彼此間眞的不認識，那麼那個流浪漢與『喜福會』的幾位醫師，是否是在不同的時間點，先後來到你們『星』咖啡館？不知道這一點，有人問過你們嗎？」

「有啊。不過這個答案，我眞的不知道該怎樣回答。回想當時……突然冒出一個人，硬指著其他幾位醫師說他們故意『忘了他』，後來竟然還鬧到要警方出面。這是我在店裡工作以來，從來沒有遇到過的場面。

「所以事情發生之後，我是問過當天幾個櫃臺的服務人員，他們到底是不是一起來的？我們店裡的小朋友跟我說，因爲當天客人很多，他們根本沒有特別去注意，當然也沒辦法確定他們到底是不是早就認識的朋友。

「這不能怪我們不注意，平常有誰會特別去注意這些呢？

「不過事後來看，天底下就是什麼新鮮事都有，十二月七號那天的情況就是個怪異的新鮮事，令人印象深刻，而且後來好像也查出那個陌生流浪漢的精神好像有問題，不是嗎？」

「嗯，只是我還是想繼續請問一下，如果是街頭流浪漢進到咖啡館來，你們不會拒絕他來店消費是不是？」

「這個嘛……後來我們知道他是精神有問題的流浪漢時，雖然一方面恍然大悟，但另一方面也蠻意外的。因爲他的穿著模樣，跟一般年輕人並沒有多大的差別，實在看不出來是個流浪漢。我們總以爲遊民一類的流浪漢就是髒兮兮、好幾天不洗澡、渾身散發臭味。如果是這樣，說實話，我們店裡會婉拒他們消費的。不過，那個流浪漢，好像叫做……王明什麼的（我提醒：『億』）……喔，王明億，以發生衝突當時的模樣來說，我實在看不出來他竟然是社會局列案輔導的遊民啊。」

「喔，看不出來啊……對了，你們店裡當初有監視攝影機嗎？現在好像只要是有金錢往來的公共場所，多半會有這種看起來既尷尬又好笑的『裝飾品』，哈哈哈。」

自以爲講了個幽默笑話的我，笑得很開心。或許因爲是個冷笑話，其他人都沒笑，我只好尷尬地收聲，而且牙齒又開始隱隱作痛了……

「我們當然有，就像現在你們可以看到的，結帳台收銀機上方有一台，但是二樓的消費咖啡座並沒有。這個當初警方就曾調閱過錄影帶，當時就發現王明什麼的（我再度提醒：『億』），嘿，王明億，不好意思，最近記憶力很差，王明億根本沒有過來點餐結帳，所以他根本是神經病在胡說八道。」

「不過，店長，妳這樣說有點奇怪喔。偵探我總要維持一下正義，像我稍早來到貴店，我也沒過來這裡點餐，還不是一樣吃得痛快、喝得爽快。因爲啊，咖啡是我老婆大人點的，所以從錄影帶內容來判斷事情，是只能參考不能斷定。Blue，你記一下我剛剛說的這個佳句，以後寫小說說不定用得到。」

吳店長點點頭稱是。

（我不知道她是對我講的事情覺得贊同，還是對於我的佳句理論感到激賞。）

Blue卻說：「那是個很普通的句子，好像沒什麼好記的咧。眞得要記嗎？」

我的同學blue從醫學院起就是這麼「白目」，講話都不看場合，想到什麼就說什麼。既然這章是我來紀錄，本來我是可以故意刪掉他這句話的。但是事件記錄者以詳細確實爲第一要求，而且據說推理作家的EQ要高，要有兼容並蓄的雅量。基於這兩點，我就不跟他計較了。

「所以從王明億來到咖啡館起到發生衝突爲止，並沒有其他人可以很肯定他到底是不是與這群醫師一道過來的囉？也沒有人可以明確地指出，在發生衝突之前，王明億到底在星咖啡館的哪個位置？或是在幹什麼事？」

「是有幾個客人說，曾目擊他待在廁所好一會兒……然後他從廁所出來後沒多久，就發生鬧事的那一幕了。」店長說。

「不過這種事情會鬧到請警察來處理，總讓我覺得有點小題大作，怎麼會想到報警呢？警方當時過來處理的情況是怎樣？妳可不可以詳細想想看，實在是……這種事情不搞清楚總是會難過吧。」

「好吧，我就再講一次好了。就像前面講過的，人家好好的同學會聊得正高興，莫名其妙來個流浪漢硬要加入。據隔壁桌的客人說，雙方先是出現言語上的爭論，後來因爲局面有點混亂，我們工作人員只好出面。而且在爭吵的時候，傅東祺醫師似乎認出這個王明億（名字講對了，我露出激賞的表情）就是騷擾K醫院醫護人員的累犯，於是言語上的衝突很快就變成肢體上的衝突了。『喜福會』其他的醫師似乎也對於這種人很生氣，堅持報警，請警方來處理……」

「周國棟醫師夫婦也一樣生氣？」

「他們兩個還好。不過傅醫師和呂醫師堅持說不能姑息養奸。」

「如果王明億眞的是精神病患，醫師用姑息養奸這種詞來說他實在不太好。」blue說得有氣無力。

「我也忘了他們當初是不是這樣說，反正就是堅持報警啦。」

「所以王明億就乖乖地等警方來處理？」

「我還是不知道要怎樣回答這問題才能說是正確哩。我是店長，當然我得代表本店出來，負責處理當時的糾紛。聽你這麼問，現在回想起來，比較奇怪的是，雖然『喜福會』的幾位醫師很氣憤地不放他走，但是我是覺得，王明億好像也是一副理直氣壯地要等警方來處理的模樣。」

「理直氣壯?」

「不過在知道他的腦筋好像怪怪的以後，我就比較有辦法理解他當時怎麼可以說謊不打草稿，而且一點都不會覺得丟臉的模樣，藍醫師不是精神科醫師嗎?對於這種人可能會比我們了解得更清楚……」

「妳可以不必顧慮我的想法，就當作我不在這裡好了。我們要麻煩你的部分就在於需要你講述當時的所見所聞。妳不需要顧忌太多，很多我們搞不懂的地方，可能得透過妳的回憶會更清楚些。」blue講話還是有氣無力。

「要一一去詳細回溯當時的情況，比如說，哪個人講哪句話，有哪個動作，對我來說還是有點困難，畢竟沒有前面提到的錄影帶還是照片什麼的，可以讓我看圖說話。不過，警察原本就是打算過來瞧瞧，咖啡館的衝突到底是怎麼回事?

「唉，當時又不是只有他們在消費，但是局面弄成那樣，其他客人不被干擾是不可能的。這種顧客的權利，我們是一定要注意的。只是王明億從頭到尾莫名其妙，先是叫『喜福會』的醫師：『不要開玩笑』、『不要鬧了』，後來又是嚷嚷大家怎麼『忘了他?』又哭又笑的，也不管別人的說法，堅持自己沒錯，反而通通是別人的錯，我個人是覺得這眞的很諷刺啦!

「猜也知道，呂醫師、傅醫師等人一定對當時的情況，覺得好笑又好氣，怎麼會平白冒出一個來鬧場的男人，把整個同學會的悠閒氣氛都給弄砸了……

「警察過來處理，基本上是希望這種小事可以不要鬧大就不要鬧大啦，不過傅醫師卻堅持，警方一定要處理這個有騷擾前科的累犯。

「局面會鬧到不可開交，主要是那個王明億一直堅持他被大家『忘了』，而且還大聲嚷嚷他是誰，接著一一唱名般地點出在場『喜福會』成員的名字來歷，叨叨絮絮自顧自地講一堆他所謂記憶中的醫院、醫學院的事情。他不說則已，越說越讓傅醫師與呂醫師火大。應該說不只他們兩位，在場的其他人也對於自己的私事，被這位有騷擾前科的累犯不知出於什麼目的調查過而感到厭惡。而且，後來他又胡扯一些半眞半假的醫院、醫學院的事情。因爲死不認錯，惹得原本抱持息事寧人態度的周國棟醫師夫婦也失去耐性，有點不高興。後來警方會偵辦這件事，多少是因爲這個原因。

「比較令人搞不懂的是，不只『喜福會』的醫師堅持，連王明億本人也堅持警方要偵辦下去。雙方同時請警方針對王明億的身份來歷作調查確認，這眞是怪異好笑的情況。

「一調查確認後，當然就一清二楚了。原來這個王明億根本是個神經病，而且是有好幾次惡意騷擾前科的份子，後來的事情你們就很清楚了。我不知道我講這些對你們有沒有幫助？」

「有囉，感恩啊，相當有幫助哩。你這樣講，我們就算不在現場，也可以想像當時的僵局是怎樣。」我這麼表示謝意，接著再回頭對著blue說：

「看來這部份也是跟來信內容講的差不多。要說誰對誰錯，當然是很清楚，一判即明。

但是王明億的態度舉動，說實在的，眞讓人有種怪異的感覺。如果按照當時的情況來看，他絕對是鬼扯，但是如果以電子郵件內容中對咖啡館這部份的說明爲基礎，並相對地用王明億的角度來看事情，就又好像不是鬼扯了。這眞是奇怪。」

「電子郵件？」店長露出疑問的表情說。

「喔，這說來話長……」既然是說來話長，那麼饒舌的解說工作就由愛講話的小李我來代勞了。

在我說明後，blue接著說：「信件裡的這部份我看過好幾次。以事後的角度來看，來信講的大部分都是對的，只有一點讓我百思不解。爲什麼他要強調他曾看過我的門診，而且我曾給他下過『精神分裂症』跟『妄想症』的診斷？說謊的就在這部份，既然要我相信他，還一開始就捏造出這個虛假的就醫史。我一查就發現謬誤，這樣我怎麼可能相信他所說的？我怎麼可能會站在他那邊呢？」

「還是blue你忘記了？」我說。

「唉，我也擔心是這樣。這陣子被這樣一搞，連我都神經兮兮的了。我是懷疑過我自己的記憶是不是哪段漏掉了？」blue說。

「講到記憶的問題，喝咖啡到底會不會記憶減退啊？或是會嚴重到記憶喪失啊？」

「咖啡因是中樞興奮劑，能提高細胞內環磷腺苷的含量。小劑量能興奮大腦皮層，振奮精神、改善思維活動、解除疲勞感、增進工作效力，以及提高對外界的感應性。大劑量則可興奮延腦呼吸中樞和血管運動中樞，增加呼吸頻率和深度。此外，還有一點利尿作用……有時能收縮血管，緩解偏頭痛症狀。我倒是沒聽過喝咖啡會喝到『失憶』！」blue說。

「對了，信裡說，王明億曾私下再來過『星』咖啡幾次，你們還曾向管區派出所備案？」我問吳店長說。

「這也是眞的。」吳店長說：「他是有進來幾次，每次就是到廁所去摸東摸西。有一次我出面想問他，他拔腿就跑。這種事情我覺得還是得特別注意一下，所以我們是曾向派出所備案。不過，備案之後，他就沒再來了。對了，我見到他的那次，他相當的憔悴，漸漸髒兮兮起來，還好他沒再來，否則我們會相當困擾。」

「所以如果blue再頹廢下去，以後『星』咖啡館你也進不來了。」我說。

「不會啦，我們現在都認識藍醫師了。」店長說。

「所以……這也算是出名的捷徑？唉，我可不可以不要啊。」blue說。

「blue你不要一直擺著苦瓜臉嘛，你這麼憂鬱，以後怎麼看診？難道要你的病人拍著你的肩膀說：『醫師啊，你要振作一點，不要比我還鬱卒啊，人生是美好的，要看開一點。』」我說。

「不會啦，我現在心裡好多了。」

「對了，老秦，你果然還是這麼悶。身爲助手有沒有什麼意見啊？沒講什麼話，我都差點忘了你的存在，你可以問問題了。」我說。

「我是想請教店長幾個問題。」老秦說。

「好啊！」露出喜悅表情的吳店長臉頰一抹緋紅，相當爽快地回應。

咦，為什麼老秦問她問題，她會這麼高興？還臉紅哩。這……

「雖然距離當初咖啡館的事件發生到現在，已經過了一段時日了，不過我想問的是，如果想要查證，當初來到『星』咖啡的幾位醫師朋友們點餐的東西，是否與這封電子郵件的內容所提到的一致，現在有辦法辦得到嗎？」

「唔？」吳店長怔了怔，似乎不懂老秦的意思。其實不僅是她，連身為偵探主角的我，也一時搞不懂我的助手問這個幹嘛？既然搞不懂，那我就暫時保持緘默。

「比如說，你們店裡客人的每份點餐單，都會保留著嗎？」老秦更進一步追問：「我的意思是，十二月七日，『喜福會』幾位醫師所點的咖啡與餐點的點餐單，你們店裡還有留存嗎？」

「耶……這個有咧。因為每個月要營業對帳，所以基本上，我們的menu點單都是一式兩聯。一聯給外場點餐，一聯給會計結帳。之後都要回收查核，其實這是避免員工作帳的作法。

「這個我再詳細說明一下。雖然我們也是加盟的連鎖咖啡店，但是營業方式是獨立的，每家咖啡館的點餐結帳方式略有不同。有些店家是電腦作業，一人搞定。這樣雖然方便，但有時常搞錯，對帳也不容易。也有店家是請客人自助點餐，再叫號結帳。如果是這兩種情況，可能就不容易再回頭去核對像你所說的點餐內容是否有出入的情況。」

「那你們的是？」我說。

「我們的是一式兩聯，雖然稍微麻煩，但是帳目比較清楚，只是事後要核對哪個客人用了哪個餐點會有點困難。不過這不僅僅我們困難，任何咖啡館的作業方式都會遇到同樣問題。

「因爲一般對帳的存根，除了當初登記的點餐序號外，並沒有客人的姓名。雖然有外場服務人員詢問，並就顧客的需要而作勾選，可是我們是客人結帳後，立即等待自助取餐的方式，所以實在很難去找出當時的點餐單存根。」

「雖說如此，那去年十二月七號當天，所有點餐單存根都有留存嗎？」老秦說。

「應該有。不過還是得找找。」

「有辦法找？」

「是可以。但是就算是找到了，還是和我剛剛所講的一樣，要去查證他們所點的餐點有沒有出入是相當困難的，眞的要找嗎？」

「沒關係，只要能找出十二月七日那天的存根，範圍就可以縮小許多。」

「去年十二月……嗯，剛好是去年最後一個月，整個月的點餐單應該是有留存著。再早之前，我就沒有把握了，因爲年度對帳報稅查核一完畢，這些就不重要了。」

「那麼，警方有要求看這些東西嗎？」

「沒有。」

「那我可不可以私下拜託你，那些單據可不可以盡量保存妥當。」

「可以啊。秦醫師的要求對我來說是小事一件，我會把它保留好。只是不知道保留這個，你打算作什麼？」吳店長直視老秦說。

老秦臉紅了。

——ㄘㄟˊ，這小子，每次都這樣。年過三十，怎麼還是這種放不開的樣子。已經不是學生了，不要動不動就臉紅嘛。不過，老秦問這個幹嘛？

——我要不要問他呢？還是不要好了，既然是身爲帶頭的偵探，應該無所不知無所不曉，我先動動腦筋，想想看老秦問這個幹嘛。

這時，老秦拿出影印的電子郵件看了一眼說：「保留的目的，或許我等會兒再繼續說明……那麼你可不可以找出十二月七日當天，是否有一張點餐單的存根跟下面這清單比較接近的：

焦糖瑪其朵一，黑咖啡一，泰舒茶一，拿鐵咖啡一，濃情巧克力蛋糕兩客，新鮮草莓與巧克力蛋糕各一，也就是說巧克力蛋糕總共三客。

另一張是拿鐵咖啡一，焦糖瑪其朵一，美式濃湯酥堡與沙拉一，新鮮草莓蛋糕一。

「如果沒有第一張那樣的餐點清單的存根，那可不可以再找看看，是否有黑咖啡一，泰舒茶一，拿鐵咖啡一，濃情巧克力蛋糕兩客的點餐存根，而且在這張點餐存根序號的前後，看看是否有另一張是焦糖瑪其朵一，新鮮草莓與巧克力蛋糕各一的存根？」

我看了blue一眼，blue也是一臉納悶。

吳店長說：「要找是沒問題啦，但是得一張一張對。」

雖然我不懂比對這些有什麼用途，既然在場的吳店長也未必了解，我便補充說明：「老秦是想盡可能比對出當時他們所點的東西就是了？其實不困難啦，對於這種清單，用消去法就可以了。比如說，泰舒茶不常有人點，沒有泰舒茶的存根在清點時，就可以暫時擺在一旁。」

「是的，小李講的對。」秦博士說。

「那當然。」我不禁有點得意，馬上再乘勝追擊：「對了，既然有序號與日期，如果加上結帳台的錄影，是不是可以更明確地比對出這些點餐單的內容？」

「對啊，李醫師說的是個好建議。」吳店長說。

——聽到吳店長這麼誇讚我，我不免自我得意到「尾巴翹起來」。會想到這點，開玩笑，我可是名偵探，智慧可不是三兩三而已，只是……老秦比對這些存根幹嘛？

「我去調錄影帶出來。」

「這麼久的帶子還有保存？」我說。

「有。因爲發生報案的事件，所以按照店裡的規定，當天的錄影帶會保留著。其實聽李醫師這麼說，好像比對這件事的困難度就下降許多，尤其只是比對十二月七日當天的點餐單存根與錄影帶，並不困難。那不如我現在就去做，我請我店裡的妹妹幫忙。」

「可不可以就由我們來核對？如果你不反對的話，我們願意幫忙。」老秦說。

「那當然好啊。你們願意幫忙那最好，因爲一時之間我們店裡的服務人員當中，可能也找不出有空的人可以幫我做這種事。」吳店長說。

「喔，如果能這樣那是最好了，因爲原本就是我們麻煩妳。」老秦臉紅地說。

「哪裡。我相當樂意。」吳店長低下頭。

——他們兩個在幹嘛？我是偵探呢。怎麼我嗅出他們之間似乎有一點電流在空中流通？

——還有，老秦爲什麼要這麼大費周章，浪費時間去查證這種事呢？我到底要不要先問清楚他的目的呢？……答案會不會其實很簡單？問了反而顯得蠢，如果是個蠢問題，那問問題的我豈不是個蠢偵探?!啊哈，所以還是暫時不要問好了。

□

監視錄影帶的內容是針對櫃臺客人結帳和取餐的情況。

錄影畫面中是有周國棟醫師取餐的情況，比對可能的點餐單與錄影帶內容之後，他的餐盤中是黑咖啡、泰舒茶、拿鐵咖啡各一杯，濃情巧克力蛋糕兩客沒錯。這部分與電子郵件內容提到的周國棟、李妙意與傅東祺吃喝的東西吻合。

但是，如果把王明億信中所點的東西加進來，就沒有符合條件的存根了。

有趣的是，在周國棟三人所點的餐單存根之前，也就是說有一張序號剛好在前面的點餐單，是出現焦糖瑪其朵一與新鮮草莓與巧克力蛋糕各一的餐點。這是王明億信中所點的東西，只是錄影帶中取餐的是一位略微肥胖的女孩子。

看不出這名女孩子有什麼特別的？會是她來幫王明億取餐嗎？

至於另外兩人——呂名成與許純娟則是稍後兩點四十分左右，一道過來結帳取餐的。比對內容來看，也是跟電子郵件的內容講的一樣。

也就是說，針對這點而言，王明億的信件回憶記錄是相當確實的。

我雖然參與釐清這個事件才不過幾個小時，要不是王明億鬼扯了一些「異次元空間」、「群體性失憶症」這種東西，老實說，他信中所講的好像都相當可信。

糟糕，照這種邏輯來推演，搞不好blue這次眞的慘了。

查證周國棟等人的點餐存根也是相當正確，所以啦，這還是白白做工囉。查證出這點也不能作什麼，只是再度驗證王明億講的這部分是對的。

所以囉，我這個助手老秦竟然讓偵探我又浪費了一些時間。就這點而言，老秦眞是不稱職。

「這位結帳的櫃臺會計小姐就是剛剛那位嗎？」老秦指著錄影帶說。

——不會吧。那位小女生的虎牙很可愛呢，老秦不會懷疑她吧？

「是她沒錯。她是我們店裡工作相當認眞禮貌的人員。」

「我有問題，可以問她嗎？」老秦說。

「可以啊。」

——如果追查方向岔了，身爲帶頭大哥，我一定要壯士斷腕地導正過來。

——看樣子老秦還是不死心。可是，我個人覺得再繼續追問咖啡館的人是沒用的。

——blue可能心情不好，一直不講話，這樣我沒辦法知道他的想法。不知道身爲當事者，對於浪費時間在查這些事，他是怎麼想？如果他也認爲老秦在浪費時間，身爲帶頭大哥的我，一定要讓老秦知道什麼叫做「少數服從多數」。

——不過，要是blue也無所謂的話，我既然是帶頭大哥，總要有一點獨斷的意見，如果老秦再繼續這樣浪費時間，我一定要請他說明詢問這些幹嘛？

只見老秦繼續說：「不過，我想再請教一下，這個點餐單存根下緣的簽章是？」

「那就是她的名字。在這聯簽名，代表她是簽收客人結帳的服務人員。」

「那你剛剛所說的，會有個外場的人員幫客人點餐，那外場的那聯也會有點完餐之後的簽名囉？」

「是啊。」

「我可以看看這幾張一式兩聯的外場點餐存根嗎？」

「我找找看……嗯，奇怪，這幾張……」吳店長翻到外場的點餐存根卷。我也探頭瞧了一眼。

「怎樣？」

「掉了。怎麼會這樣呢？」

「這個……」吳店長露出疑惑的表情。

「那這個名字是？」老秦指著序號在那幾張遺失點餐單前面的一張存根。

「這是小陳的簽名。」

「小陳是哪位？」

「是個以前在這裡打工的學生。他已經離職了，現在年輕人工作都作不久，所以外場點餐就交給這些打工的學生，牽涉到金錢的結帳工作不會交給他們。」

「離職了啊。他是學生啊。男的嗎？」

「是啊，我們外場不少是打工的學生。」

「小陳，是哪間學校的？」

「不清楚呢，不過應該是大學生。」

「當初應徵時有履歷表嗎？」

「有啊，我找找看。」

她翻開另一個櫃子的卷宗夾。

「應該在……奇怪，沒有呢。怎麼會沒有呢？……有人把它抽掉了……」

「那有沒有他的照片呢？」

「沒有咧。這種打工學生往往待不久，沒人會去要求他們得交什麼照片的。」

「剛剛的錄影帶中有出現過嗎？」

「似乎是沒有。」

「有其他可能拍到他的錄影帶嗎？」

「這……我不知道，沒特別注意這個問題，還是得翻翻看。」

「喔，那這沒關係……履歷表不見了，那有什麼方法可以多知道一點關於他的人事資料。比如說，有哪位員工和他特別認識，可以說說他的事情。」

「呃……好像……他好像沒有特別跟其他人交往咧，常常一個人悶著頭做事，有點孤僻……我想想……」店長露出苦思的模樣。

「就算是打工好了，那他怎麼加入勞健保？」

「啊，我知道你的意思。加保時，個人資料是會填寫在中央健保局所提供的加保書上，遞送給健保局，他們只要輸入個人的ＩＤ，那麼個人的所有資料，甚至連就診資料都可查詢的到……但是很抱歉，打工的學生我們沒有這麼做，我們面試錄取之後，只有額外提供每月約一千元的獎金，讓員工自行至其他單位掛名加保。」

「這樣啊……沒有照片，也不知道基本履歷與人事資料，那麼你對他還有印象嗎？」

「有啊，普普通通的男生，好像不太愛講話。這樣個性的男孩子，在我們這裡，其實會做得很彆扭啦……我記得他當時離職也是不告而別，連薪水都沒領。」

「他是什麼時候離職的？」

「好像做了兩個禮拜，十二月底就沒來上班了。」

「那你見到他還認得出來嗎？」

「那當然，我最會認人了。」

「那麼，我們有張照片可不可麻煩你指認一下？」老秦說。

我相當訝異老秦突然有這個建議。

「可以啊。你們有照片？」

「是的。不過，可能不是很好看……的照片。」

「照片哪有什麼好看不好看的？我既然可以升爲店長，認人的本事是一流的，我……」

她把老秦手中的照片一把接過。

雖說她也是精明幹練的女中豪傑，但……

「嘔……」

一看到那張照片後，吳店長馬上衝到洗手間，吐得驚天動地，唏哩嘩啦。

「是他！就是他！好噁心，嘔……」

這就是吳小姐告訴我們的訊息。

我與blue楞在當場。

因爲老秦手中那張照片，就是王明億身首異處的那件命案裡，分離的頭顱！

□

離開「星咖啡」已經是接近晚上七點鐘。華燈初上，高雄的夜，來得不算早。天氣依然燥熱，我們三人慢慢走往對面百貨公司的湯包店用餐。

一路上，我還是走在前面。我不說話，因爲我還在想，老秦爲何想到這個令人意外的癥結。

老實說，這一手，我眞是佩服。

但是這眞是傷感情的畫面，哪有「偵探」佩服「助手」的？過去學生時代，在各項表現上，老秦眞的很厲害，我是心服口不說。現在，我還是心服口不說。

我是不會嫉妒老秦的，因爲從學生時代起，我總喜歡在口頭上佔他一點便宜，但是我還是打從心裡佩服他的「厲害」。

「厲害」「厲害」「厲害」，這一堆「厲害」的方塊字，此刻塞滿我這個「掛名偵探」、「空殼偵探」的腦海中。

醫學的專業化與細緻分工化，我相當相信所謂「隔行如隔山」的道理。講婦產科的東西，現在老秦一定比不上我。當然了，論及神經外科的手術技術，那我簡直是一竅不通。但是我相信所謂的「偵探」，不管是動詞也好名詞也罷，我們都是「業餘」的。就算是醫生，只要跟法醫的專業度一比，我們都得甘拜下風。

既然都是「業餘」，應該差不了多少，否則怎麼可以稱作「業餘」呢？

只是這麼多年以來，我發現「業餘」老秦往往有職業水準的演出，哪像我就是正港「業餘」中的「業餘」。

所以囉，既然不是檢警法醫，要調查怪異的案件，我們就是「業餘」的偵探，那麼名不正會言不順，當然我這個正港「業餘水準」的「業餘偵探」才是眞正的業餘偵探。

嗯，這樣推來推去，得到一個結論。我還是「偵探」，老秦還是「助手」，按照國民生活須知，助手得走在偵探左後方五步。

哇哈哈。就是這樣。有道理，帥！

□

我的老婆大人芳惠也過來了，似乎可以逛街和shopping，她心情愉快無比。

Blue食慾不振，老秦吃的也不多，所以就我一個人吃得相當痛快。

我當然知道，年過三十，對於帥哥是個危機。因爲身材走樣、中年發福的帥哥，那是多麼殘忍的畫面。

不過現在，我才不管那麼多，因爲湯包是我的最愛。

而且這一頓是blue請客，所以老同學其實不需要太過客套。

酒酣耳熱，我實在忍不住了：「雖然我是偵探（這句話好像變成我的發語詞），老秦，我還是要問一下。不問我會彆扭難過，我想blue一定也會想知道。你怎麼會想到拿出照片來詢問吳宜璇店長？這當中的思考邏輯是怎樣？我承認連我這位名偵探都嚇了一跳，警方不是一直找不到頭顱的身份，你怎麼一下子就弄清楚了？」

「我只是猜想……」

「猜想？啊，呵呵，所以就是第六感囉，也就是說根本是亂猜猜中的，果然是助手的靈感。如果是亂猜猜中，實在無損我偵探的顏面啊，我的助手竟然可以隨猜便猜中，身爲偵探的我當然也會覺得與有榮焉。」我相當滿意老秦這個答案，早說嘛，害我剛剛還弄了一番道理，來自我文飾我「偵探」的名份哩。

老秦笑了，說：「但是我還是說一下我是怎麼猜的，可以嗎？」

「可。說來聽聽，看看跟我想的有沒有一樣。」我說。

「老公，那你想的是怎樣？」我的老婆又煞風景地問。

「呃……偵探不隨便先說的。讓我的助手老秦先說。」

老秦說：「blue所帶來的電子郵件內容，剛剛在『星』咖啡館時，我看了幾遍。其中有困惑的地方，也有我覺得不合理的地方，因爲信件內容似乎就是虛實交錯，現實與幻想交雜的結果，當然會讓想深入了解事情的人覺得困惑。

「就像之前講的，我暫時不知道這封信究竟是不是王明億寫的，我只是想針對裡頭的細節一段一段來分析看看。既然剛好在『星』咖啡館，順著地利之便可以問個清楚，其實也無妨。隨著小李你所提問的，與〈blue自己的陳述，很多難以理解的事情卻似乎都有裸露在外的線頭，令人難免想要去挑動一下。至於爲何我會想查證當天在場的幾位醫師的咖啡餐點？是這樣的，在郵件中，有一段王明億提到他從洗手間回到座位之後的描述：

我端起咖啡，啜了一口，味道有點苦……

咖啡繞過舌根滑了下去，我動手拿了蛋糕，但是我並沒有咬下去。因為，我發覺其他人瞪大眼睛注視著我。

「我記得王明億點的是焦糖瑪其朵。我對咖啡沒研究，但是我剛剛喝了一杯，跟我過去的認知是一樣的。我覺得這種咖啡不應該會苦，也就是說既然有焦糖，喝起來應該是略帶甜味才對。

「當然了，每個人的味覺不能一概而論，我認爲甜的，或許別人喝起來會覺得是苦的，只是這一段後面又提到：

同樣的杯子，同樣的聚會，同樣的位置……

「那個杯子到底是王明億的，還是後來出現的周國棟的，我是想推敲一下……

「我發現周國棟點的是黑咖啡。相對來說，這是比較苦的沒錯。

「當然這還不能肯定些什麼。

「只是它給了我一個不同的思考點：這是筆誤嗎？還是這段是憑空想像導致的筆誤？

「所以我才會特別注意這段的描述。

「當然了，剛剛也證明電子郵件裡，王明億講的沒錯。

「但是我的想法是：重點不在於，點餐單內容對不對這個表象上。我在意的是，他講的『太正確』了！這段內容講的『太精確』了！

「人的記憶，是一件相當有意思的事情，信件中既然講到了『失憶』與『記憶』的問題，或許我們可以討論一下記憶的常識。有人記憶力很好，有人卻容易忘東忘西。就算是同一個人，對於不同種類的事情，腦部皮質的記憶作用似乎就可能有本能選擇性的不同。

「如果是專業謀生的東西，這東西可以是知識，可以是技術，因爲常常複習使用，所以不太會忘記。

「但是生活中瑣碎的事情，是不是可以做到這麼『不會忘記』？『再一次請先生原諒我的瑣碎，我一一寫出大家的點餐，目的無他，就是要證明我的記憶無誤。』老實說，對於這句話，我是比較感到懷疑的。雖然幾個月前發生的這個事件是他人生的重大轉折點，而且因爲『記憶』『失憶』的問題造成懸疑難解的氣氛，但是事件衝擊再大，人眞的可以純粹憑藉回憶，想起幾個月前某一餐的內容嗎？

「我相信有可能，但是機會很低。

「如果說：『發生事情的那天，我們是喝咖啡』、『發生事情的那天中午，我們吃日本料理』這種籠統的答案是比較可信的。當然了，如果說出那天的日本料理的內容是壽司、手卷、炸蝦，那基本上也是可信的。若再加上順序說，第一道是壽司，第二道是手卷，第三道是炸蝦，這樣雖然可信，但是可信度會降低。若能說出第一道是稻荷壽司，第二道是蘆筍手卷，第三道是炸蝦丼……那麼，隨著描述內容的詳細度，回憶的可信度就相對減低，亦即，出錯的可能性越高。

「我並不是懷疑陳述者王明億的記憶力，而是幾個月前的咖啡和餐點，能這麼詳細無誤的回憶出來，就算發生的是多大的衝擊事件，要這麼精準雖不是不可能，然而可信度卻相對地變得相當低。

「也就是說可信度低的情況之下，對方如果可以說的這麼精確，那麼我們是不是該尋求另一種可能性。

「雖然我們尚未向當天的參與者求證到底他們那天吃了什麼？喝了什麼？但是從錄影帶

與點餐單的內容來看，如果這麼精準的描述完全正確，那麼不外乎有兩個可能：

一、發生事件的當天，『喜福會』有人預謀紀錄著大家所點的餐點。

二、有其他的觀察者特意觀察記錄『喜福會』這些人的點餐。

「就第二種可能性來說，最直接可能的答案就是『星』咖啡店裡的工作人員。特別是外場點餐或是結帳人員，如果他們想特意不著痕跡地去記錄，其實不容易被發現。

「就電子郵件的前半段，關於記憶部分的內容來看，我一直有種寫信者在『避重就輕』的感覺。他寫他知道的，至於他沒把握的，甚至說是容易被識破的部分，他就寫得模擬兩可。

「電子郵件中關於餐點的內容描述，給我有所謂『小抄』存在的強烈感覺。

「聽到吳店長說，少掉了外場的這幾張關鍵存根，雖然是看似不重要的東西，我想前來處理民事糾紛的警員也不會特別去注意到這些，只是我覺得很奇怪，也就是說，相當有可能是有人早一步取走了當天的序號點餐單。

「所以我懷疑這個小陳在整個事件中的角色，畢竟隱匿掉自己的人事資料，雖然是個人的自由，只是總覺得這幾個事件一定有其牽連之處。沒想到他的履歷表也被抽掉，所以我才會提出這個可能性。沒想到眞的是他，所以我也算是猜對了。」

——啊。厲害。這樣已經不能算是猜了，「猜」絕對不是這樣的啦，考試的「猜」也不是這樣的啦。如果這樣叫猜，那我當年的寄生蟲不會考二十九分的啦。我心中這麼想。

雖然我自認聒噪，但是老秦每次到了這種場合，不管是過去學術課業討論，還是現在這類案件的解析，其實老秦話就不會比我少了。多話的會讓我從心底覺得溫馨親切許多。

「太棒了，老秦。我敬你。」我說。

「敬我？我不太喝酒。」

「沒關係，敬你兩個湯包！以表示我的激賞，因爲你想的跟我完全一樣。」

「你又來了，老公。」老婆說。

□

晚餐過後，在百貨公司樓上的飯店，秦博士辦理了旅館的check in。

「那就萬事拜託了！」blue講了這句話，熱切地握著秦博士的手，秦博士拍拍同學的肩，並沒有說什麼。

「沒問題的！交給我們兩個，放心放心。還有，事件解決後，等我牙痛好了，可不可再來吃一次湯包，當作小李偵探事務所的酬勞。」我說。

「吃一次？吃一整個月也沒關係。」因爲醫院事情得先行離去的blue說。

□

這眞是尷尬的情況。

坐計程車送芳惠回娘家後，秦博士與我兩個，繼續同車轉往拖吊場領我的車子走。

「業餘偵探」小李我跟我的助手老秦，繼續我們的行程。

車子是我的，所以車子我來開，老秦坐在後座。

按照「國民生活須知」手冊，老秦那個位置是才是上座。偵探開車，助手跟班坐在後面的上座。這眞是尷尬不協調的畫面。

如果以橫溝正史筆下推理小說的登場人物來作比擬，感覺上，我就像是幫金田一耕助開車的等等力警部。

不過，這也沒啥好計較的。我這個助手的表現還不錯，那我開開車有什麼大不了？何況都是老同學、老朋友了。

只要大家記住，說好了，這次我是「偵探」。

□

我與老秦先開車到高雄縣警局，找他認識的一位叫做許小山的刑警隊長。據說老秦前一陣子曾幫他解決了一件困難的偶像女歌手被殺事件，否則像我們這種業餘的人士要介入警方的調查程序中，並不像想像中的容易。

還好老秦這方面的交情好像不錯。

現在台灣社會，大至國家大事，小至雞毛蒜皮的小事，通通需要講究所謂人脈，電話通來通去，連來連去哈拉哈拉幾句，好像辦起事情來就方便許多。

許小山隊長與高雄市刑大謝賓霖隊長算是學長學弟的關係，有他的居中牽線引介，要更深入案件的核心當然方便許多。這點我不得不再次誇獎我的助手秦博士幾句。

如果照我那個推理作家身份的同學blue所記錄發表過的老秦事件來看，老秦以案件協助者的身份，在一些詭譎的案件中給了警方不少幫忙，如果有所謂的頒獎匾額，那麼上面刻有「警察之友」、「見義勇爲」、「市民之耀」一類的大小匾額早就掛滿老秦的房間了。

老秦人雖然悶，但是從他與許小山隊長的互動看來，他的警界關係好像眞的不錯。不像blue平常就是孤僻驕傲地活在自己的世界中。我說嘛，像這次就是活生生的例子，醫生實在不能總待在象牙塔內作自己的事情。

世界都要大戰了，還不當一回事，等到事到臨頭才會六神無主。

這樣義正辭嚴的批評，其實我自己講一講都不太好意思。因爲，我自己好像也差不多。

啊哈……

許小山隊長答應明天早上陪我們走一趟高雄市警察局。

而打過招呼後，我倆決定去拜訪在小港地區開業、和我本業一樣是婦產科的戴摩齊醫師。戴學長說的部分與blue講的都差不多，所以我就不再贅述，所以這次的會面就變成是校友間的敘舊而已。

不過，見面打招呼那幾句，眞是令人印象深刻。戴學長說：「你們兩個我太有印象了，當年在醫學院時代，我就聽過你們了。你們那間寢室的六個人，大家常常會聊到，反正都是醫學院的異類，有名的異類。」

「喔？異類？」

「blue我就不說了，這個穿黑色大衣的怪ㄎㄚ，學校女孩子常常聊到。」

老秦微笑，有點臉紅。

「尤其小李……更是有名。」

「喔。」我眼睛一亮。（期待）

「女孩子都說你很花，超級花，有名的花。」

「啊，學長，麥安ㄋㄟ啦，這種答案很傷感情啦。我現在是清教徒了。」（失望）

「麥騙啦，學弟，知知的啦，哈哈哈哈。」

學長笑得很高興，我卻覺得一點都不好笑。

□

「我眞的那麼花嗎？」在回程往飯店的路上，我說。

「……」老秦不說話。

「誰能了解我的專情呢？現在我愛的心房，全給了我的老婆了。我眞的那麼沒有形象嗎？看來從明天開始，我要改穿一件T恤，前面寫個大大的「專」，背後寫個大大的「情」……」

老秦好像沒專心聽我說話……

「小李，你是婦產科醫師，我問你一個問題。」

「喔？什麼問題？」

「如果你是醫院院內員工的話，你的產檢會在哪邊進行？在醫院還是其他醫院診所？」

「通常會在自己的醫院。因爲一則方便，二則本院員工多半會有打折優待，也會有特別的照顧。不過這也不是鐵則啦，有人喜歡先到自己居家附近的診所就近產檢，畢竟婦產科還是屬於病人會特別注重隱私的就診科別，不喜歡給同院同仁接生，那也是有的。」

「但是戴摩齊學長在小港的診所離李妙意醫師的住所，以產檢上來說，實在是繞得太遠了。剛剛與學長的聊天中才知道，要不是blue過去談到李妙意的事情，戴學長根本不知道李妙意與周國棟有醫師身份，因爲他們都沒有自我表明。」

「是有點遠，這是比較奇怪沒錯，或許有什麼難以說出來的苦衷也說不定？就像精神科的就診，她也是到blue的C醫院去，並沒有在自己的K醫院精神科就診。」

「……」老秦沒有說話，閉目養神起來，於是我們兩個就繼續這種尷尬的情況——我這位牙痛的名偵探繼續開車，我的助手繼續休息。

□

隔天一大早，我坐計程車去接秦博士，再繞到高雄縣鳳山去搭載許小山組長。

雖然之前與blue的討論提到，如果可以由我們私下來調查，那是最理想的方式，能盡量與警方保持距離就保持距離。

不過，今天我們的目標是高雄市警察局。

畢竟這次的事件牽扯到七年前後的幾件命案，特別是七年前的事件。若純粹只看blue從八卦雜誌整理出的資料，未免太過草率。

所以我認為，應該想辦法知道警方當年正式的辦案資料，這可是名偵探小李我睿智的堅持。

秦博士也贊同，這也是為什麼我們昨天會先去拜訪許小山的主要原因。

今天的機會相當難得，也相當關鍵。身為名偵探——或許自稱為「未來的名偵探」，比較不會有人提出煞風景的質疑——我可是相當的用功。昨晚睡前，我把blue給我們的資料又好好讀過一遍，思前想後想要再釐出一點頭緒來。

睡前想這種怪異的事件，當然是相當耗費腦力的事情。

不知為何，越想越興奮，我竟然在床上翻來覆去睡不著，牙齒也越想越痛……

結果我的老婆大人把我趕出臥房，叫我去睡她娘家的客廳沙發。

□

警方說明的記錄

原以為想從警方那裡獲得這幾個事件的資料沒有想像中的簡單，結果卻出乎意料之外的順利。

這有兩點主要因素，而這兩點與我的「帥」與「魅力」通通無關：

第一點是許小山隊長的同行。雖然他只是過來將老秦和我引薦給謝賓霖隊長，後來就因為他本身轄區的案件而匆匆離去，但他簡單的引薦動作，省下我們不少的麻煩。

第二點是老秦的身份。

大家一定以為偵探的助手身份有啥特殊的，還不是普普通通的一名醫師而已。

如果您也這樣想，那很抱歉，您想的跟我當初想的一樣「驢」。

我前面提過，老秦跟我，在專業法醫面前，都是「業餘」人士。

在許小山介紹秦博士身份的時候，除了講了一堆過去的事情之外，相當令我訝異的是，我的同學竟然有刑事警察局「法醫諮詢」的專業證照。

原來當年在德國漢堡，除了他本業的「神經外科」之外，老秦還順利取得專業的「病理學」博士。

我一看到那張證照，趕忙把老秦昨天見面給我的名片從皮夾中拿出來。啊，原來名片上老秦早有這個頭銜，是我自己漏看了。

我還是難掩對我的助手「崇拜」之情。

「業餘偵探」四個字，如果等會兒的資料討論分析，我還是不行的話，乾脆我就保留「業餘」兩字，「偵探」還是還給秦博士好了。

原本想說自己的名片，可以在這次事件解決後，堂而皇之在婦產科醫師頭銜外，多加一個「天才型的業餘偵探」這樣的稱號……

「眞沒想到你們兩位是藍醫師的同班同學！」謝賓霖隊長說：「我想直接講明白也無所謂，那件王明億命案的驗屍報告出來了。既然兩位都是醫師，聽完我的說明後，我想你們應該可以體諒我們會什麼會高度懷疑你們的同學藍醫師。

「我們是在六月十四號接獲報案，找到陳屍在同盟路的這具……嗯……這兩具身首異處的屍體。我想兩位應該很明白，這是屬於兩個人的屍體。

「法醫的報告，簡單地來說，軀幹的部分很清楚是王明億的。不過，他是死後才被去掉頭顱的。死亡時間應該是六月十三號晚間十一點到十二點之間，雖然頭顱不見了，但是從頭部的痕跡跟表皮的出血點來看，相當明確的是，他是先被勒死的。

「也就是說，有人勒死了他，再把他的頭顱沿著脖子切下。

「另外的頭顱，要感謝你們的意見。我們昨天接到「星」咖啡店的工作人員報案。從工作人員的描述來看，我想他們所講的醫生人員應該就是兩位。

「因為你們的幫忙，我們找到了那個頭顱的主人。雖然這是個重大發現，不過到目前為止，這個被稱作小陳的服務生的基本資料，我們還沒查出來，所以不知道他確實的身份。我們期待他的家屬能過來指認這個年輕人的屍體。

「其實在命案發生後，我們在警政署與警局的網站上面，早就公佈了他的頭顱面孔照片。只是過了這麼久，依然沒有人出面指認，這個年輕人就像突然出現在台灣社會，然後又突然死亡的一個人，完全查不到他的生活線索。雖然昨天終於知道他有在星咖啡工作過的記錄，但很奇怪的是，這個年輕人好像故意隱匿自己在台灣社會的生活痕跡似的，一直找不到他的資料。說出來不怕你們知道，我們已經照會出入境管理局的相關單位，看能不能找到他的行蹤。我相當懷疑，他會不會是沒有確實身份、或是持有偽造護造身份證的偷渡客。

「比較重要的是，法醫的報告指明，他的頭顱是生前被切下的。兩位可以想像這是多麼殘忍的行爲。切口依然整齊，顯然是醫學專業人士下的手。還有頭顱的血液殘留，法醫工作室利用什麼高效能液相層析法，比對檢驗出死者生前體內血液有兩種藥劑。我看看怎麼拼……一種是類似Midazolam的短效benzodiazepine；一種是Fentanyl，兩位醫師想必比我清楚這兩種藥物的用途吧。」

聽了謝隊長這麼說，我搜尋我的記憶。我記得前者是常用的麻醉誘導劑，後者是opiate agonists(鴉片類製劑)，也是常用在麻醉及麻醉前給藥，或是急性疼痛之類的緊急治療用途。看樣子，小陳是在麻醉的情形下，被切下頭顱的。

用想像的就令我不寒而慄。雖然警方一再暗示，這是醫學背景的人才具備的手法，但是若要說我的同學blue會幹下這種殘忍的事，說什麼我也不相信的。

「那麼王明億的頭顱與那個小陳的身體部分，警方找到了嗎？」我說。

「這……很遺憾的，我們還沒找到。但是只要時機成熟，搜索票下來，我們會採取行動的。」

「你要逮捕我同學藍霄？」我不自覺地提高聲調。

「當然還不至於，我們只是希望他可以跟我們合作，好來好去，不是雙方都愉快嗎？你們可不可以勸勸你同學來驗DNA？他越不合作，我們越是會懷疑他。雖然我們也很無奈有這種看法，但是從這封牽扯到他的現場遺書，一直到從遊民中心王明億的行李中找到的信件，整個事件似乎都圍繞著他轉。他似乎有隱情，但是他又不說，請他驗DNA，他也拒絕……嗯，好吧，我再說明一點。雖然你同學不合作，但是我可以跟你們講，那個女醫學生張時方的命案，體內的精液與現場榔頭殘留的血跡毛髮是同一個人的。而且我們已經從某種場合得到藍醫師的毛髮與唾液，我們當然知道這沒有法律上的證物信力，而取得證物的手段，我們承認也是偷偷摸摸的。但是很抱歉，就算他不讓我們驗DNA，我卻可以告訴你們，這些通通是來自同一個人。」

聽到警方這麼說，我只能暗叫，糟了，blue這下子慘了。

「這個……我知道你們警方的意思啦。但是我同學藍霄雖然不在這裡，我還是得幫他講幾句話，就算這些是同一個人的，也不能說這些事件就是我同學藍霄做的啊。冷冰冰的科學證據之外，還要講求一下所謂人情義理的前因後果，我想不出我同學會這麼做的理由。」身爲偵探，我總要說幾句話，尤其後面幾句，連自己都覺得漂亮！

「當年，他也有份！在遊民中心所找到的王明億信件不是這麼說嗎？」謝隊長用冷冷的語氣說：「我們並沒有說一定是他幹的，只是他在這幾個事件中涉入的角色是怎樣，我們可不能感情用事，一切得就事論事。」

這個回答眞是讓我語塞。

「對了，你講到王明億的信件，法醫驗屍時，有再特別去注意王明億是否是無精蟲患者？」我說。

「我們有提供這點給法醫。據死者睪丸病理切片報告，他的睪丸細精管的確因爲先天上完全纖維化而無法製造精蟲沒錯。」

我看了老秦一眼，所以信件上提到的這點也是對的。

——竟然連這個都正確。

這時，在旁邊聽了好久的老秦，總算發揮助手的功用問了一個問題：「不知道警方有沒有想過，爲何兩具屍體，要各留下頭顱與軀幹呢？」

「哦……這個，是有想過……但是……」

漂亮。這下子換警方語塞了。嘿。

「所以這個案件，某種層面上還是沒辦法解釋清楚了？」老秦說。

「你講到我們警方的痛處。這是關鍵點。尤其藍醫師的身份特殊，我們當然也會比較謹愼一點。」

「但是我的同學最近眞的很慘。隊長，老實說，如果說這件事最後跟他無關，那他的倒楣程度可不是踩到狗屎可以比的。我們兩個基於同學情誼出面來調查這件事，或許比不上你們的專業，但是我們是眞的想找出眞相。」我說。（漂亮！這話說得體面。）

「許小山隊長剛剛也這麼說……當然兩位願意以醫師的立場來幫忙那是最好了，尤其秦醫師也算是警方自己人。有這種法醫諮詢專業的人，對我們幫助很大。」

「證照是很重要沒錯啦，不過我的助手秦博士最厲害的還是邏輯分析。」

「助手？」

「是的，他是我的助手……謝隊長，請不要問太多，我聘我同學爲助手是昨天的事。」

謝隊長看了老秦一眼，老秦微笑點頭。

趁著隊長納悶的當口，我決定針對我昨夜損失無數隻瞌睡蟲的張時方命案問題，好好提出我的疑問。

□

「我承認那是一件懸案。說實話，到現在我們回顧當年的事件，還是不懂。」謝隊長說。

「我們曾蒐集過當年事件的報導。的確很難去說明那事件是怎麼一回事。如果我們是記者，在七年之後，再詢問你們警方當年的事件，你的看法還是一樣嗎？」我說。

謝隊長說：「這個嘛……我們也是因爲那封留在遊民中心的信件，才想到過去的張時方命案跟最近這件王明億雙屍命案應該有一定的關連性，至於關連性在哪裡？我們還在找。」

「如果不是這封信，你們警方根本不會想到這兩者有關連。你們有沒有想過，我的同學藍霄相當有可能是被陷害的？」

「這我不否認。因爲一切的線索都不是我們警方主動發現的，但是我們還是相當謹慎在辦這幾件案子，我們會懷疑藍醫師，其實不純粹是因爲這兩封信的緣故。我要強調這點的理由在於，藍醫師讓人感覺他似乎在隱瞞什麼。那種感覺很差，儘管不願意，可是種種的線索都讓人高度懷疑藍醫師在這兩件案子裡頭的角色不單純。當然了，如果他能合作一點，可能情況會比較好些也說不定。我當警察，對於所謂的智慧型犯罪，最感到頭疼，特別是高級知識份子，更是讓人覺得難以對付。」

「比起一些特權民代，我同學相對來說只是一個小角色。我小李昨天想了相當久，始終認爲警方在偵辦這兩個事件上似乎一直被人誘導。」

「沒有誘導，純粹是線索到哪裡，就辦到哪裡。別忘了，那個死者體內的精液相當可能是他的。」

「或許他是被人陷害的。」

「陷害？兩位醫師，恕我愚昧，男人精液跑到女性死者體內要說是陷害，對我來說，是沒啥說服力的。」

聽對方這麼說，我看了老秦一眼。我到底要不要說明blue是被人敲昏了頭，然後被取走精液的呢？

這個問題，我與老秦昨晚曾以學術的觀點討論過。畢竟這是抛卻室友同學情感後，一般人可能都會有的疑惑。

昏迷的男人，有可能會被取走精液嗎？

基本上，正常男人的性反應，簡略來說，就是興奮—勃起—高潮—射精。

但是，深度昏迷或是瀕臨彌留狀態的男人，爲了保有子嗣，所以用睪丸切片與電刺激來引發射精，以此取得意欲冰凍保存的精液，都是可能的。

問題是，昏迷的男人，有辦法以傳統性刺激的方式來誘發射精嗎？

我思考過這個可能性。雖然情感上我相信blue的清白，但是理智上，我必須找出科學支持的論證。

男性性器官的勃起是男性性功能的基本反應；這種生理的反應一直到近年來，醫學界才完全了解清楚。簡單的來說，感覺刺激大腦可引發「色情勃起」，而局部刺激也可經由薦椎中心引起「反射勃起」。

從blue所說的，他可以感覺到有人逗弄他的生殖器，亦即當時受襲的他，並沒到完全失去意識的程度。兩種反射反應基本上都是存在的，所以他說被人取走精液的說法，以室友同學的立場，我是相信的。

只是，要不要特別對警方說到這種學理根據呢？在警方不知道blue當年受襲的狀態之下，我也沒必要去提及。

所以我說：「我們當然相當感謝謝隊長能以特殊的立場，來跟我們討論這個事件。我們也諒解偵察不公開的苦衷，但是我們可以代表我同學的抗辯立場來提出意見，希望能給警方不同的辦案思考。」

「以兩位願意協助的立場，我沒有拒絕的必要。尤其兩位醫師，或許可以找出跟警方不一樣的思考角度。我當然相當歡迎，如果藍醫師也能用同樣的態度跟我們合作，其實情況就不會這麼糟。」

「我昨天想了很久，有幾個問題想要請教謝隊長。」

「請說。」

「先順著隊長的話題來討論好了。剛剛隊長說沒有被誘導辦案，王明億的死亡或許還可以解釋成跟七年前的張時方命案有關，但是那個頭顱，小陳的頭顱，跟張時方命案有關嗎？不管是辦案項目，還是當初的遊民中心找到的信件，都看不出他在這兩個命案中的角色。同理，若說我同學藍霄與小陳的頭顱有什麼直接的關連，我是看不出來。」

「我承認你說的有道理，昨天知道這名死者也曾在『星』咖啡館工作過，我們是暫時還查不到他的資料沒錯。但是我們卻不會忘記，去年十二月七號王明億曾在『星』咖啡館鬧事。這件事牽涉到K大醫學院的幾名醫師，值得注意的是，在我們調查過去張時方命案的筆錄記錄時，發現這些醫師竟然有好幾位是當年命案關係人，所以儘管不是直接，我們還是有自己堅持的意見，我們認爲這些通通有關係。」

啊，當初blue保留了王明億來信所提的「失憶」那段沒說，結果警方並沒有因此而忽略掉。果然警方的辦案還是相當專業有效率，連「星」咖啡館的騷擾事件也被翻出來了。

「我也不需要對你們隱瞞，六月十四日在澄清湖發現的溺斃屍體，剛好就是在這幾個事件中都出現過的李妙意醫師。相當令人遺憾的是，就僅僅是時間點上的一個小失誤，讓我們無法再針對當時以自殺結案的李妙意醫師做深入的調查，等到想到其中的關連性時，李醫師已經火化了。雖然單獨來看李妙意的自殺，是看不出來有什麼特別，但是幾件事情兜在一起，那實在沒辦法忽視裡頭重複交疊的部分。六月十三、十四日兩天，應該就是李醫師落水的日子，如果兩位沒忘記的話，卻也是同盟路身首異處的屍體被發現的時刻，所以若說這裡頭沒有犯罪的味道，我是不相信的。」

原來這段時間，警方的辦案腳步可是一步也沒停歇，而我的同學blue竟然還不知事情嚴重度，自暴自棄地縮在宿舍中。還好現在有正義感十足的小李與助手老秦，前來幫忙作積極的案件反擊調查。要不然等警方的調查網逐漸收攏，豈不是捉來捉去，最後就只鎖定了blue這隻大尾的網中魚。

「聽到這裡，我相當佩服警方，這沒有什麼好否認的。」我說：「但是七年前張時方的命案，你們眞的找不出解決的方式？」

「這個我保留。」

「那麼，我要以我同學blue的立場來答辯一下。我對於這個事件想到的幾點疑惑，希望謝隊長可以爲我們解答。」

「在最大的容許範圍內，我可以回答你們想要知道的。」

既然他這麼說，我就blue給我們的資料，先作資訊眞僞的核對工作。我簡述我們所知道的案情部分，只見謝隊長頻頻點頭，偶爾回應個幾句。看來blue整理的資料並沒有多大的謬誤，老秦提到的王明億的信用卡問題細節，我也一併提問。

「雖然還是很難釐清，到底是哪個男人幹下當時的命案。不過，在這裡我想先釐清李妙意醫師在這個命案中的角色，所以我覺得不足的地方，希望隊長能給我們幫忙。」

謝隊長點點頭。

「按照我們整理的資料來看，李妙意醫師當時其實是最接近命案現場的人。雖然她是女的，並且在接近十一點鐘時，離開了寄生蟲教材室，但是我還是想知道，她是何時來到寄生蟲教材室？」

「下午九點半。」謝隊長講的很肯定，看來他也查過。

我看了我助手老秦一眼，我發現老秦拿出紙筆在登錄。

「在寄生蟲教材室做什麼？」

「她是寄生蟲的小老師。所以當時是在那裡準備那個什麼蟲，我想一下……絛蟲啦——我一度還不太會唸這個字，去幺「絛」蟲——的顯微鏡教學片子。據說她那一陣子對於這種寄生蟲相當感興趣，花了很多心力在準備相關研究資料。」

「絛蟲啊……」我看了老秦一眼，這是巧合嗎？兩天內聽到同樣的名詞兩次，只是老秦並沒有說什麼。

「所以她是從九點半待到快十一點鐘？」

「是的。」

「死者張時方是在十點半剛過時，來到命案地點的？」

「對。」

「所以說，其實張時方與李妙意應該有超過二十分鐘左右的時間，在地下室藥學系辦公室以西與公共澡堂三溫暖以東的空間裡獨處，而這個空間也是命案的關鍵地點。」

「是的，但是命案是在十一點以後才發生的，而李妙意在十一點以前就離開了這個地方。」

「是因爲藥學系黃士祺與王慧怡的作證證詞？」

「部分原因也是。」

「雖然藥學系的系辦是一定要行經的房間，但是這裡的房門如果關了起來，裡頭兩位目擊證人的可信度是頗令人懷疑的。」

「基本上在當天，那個房門一直都是打開的。」

「喔？」

「當初的命案筆錄，就已經有提到這點。當天藥學系的系辦公室的冷氣壞了，所以他們把房門打開通風。我們一度懷疑他們證言的可信度，大半夜的又沒空調，在裡頭怎麼準備功課？」

——後面的說法不成立，以我小李過去闖蕩情場江湖的經驗來說，愛情是盲目的，愛情是沒有邏輯的，就跟推理小說的浪漫性一樣，實在沒必要以現實生活的經驗來揣度小說的情境，這樣是相當自討沒趣的。關於愛情，嘿嘿，許隊長，你一定經驗不足。雖然我心裡這樣想，不過我並沒有說出來。

「從記錄來看，他們倆位熬夜準備期中考，而且是在隔天中午才離開。那麼他們到底是幾點來到藥學系的辦公室？」

「星期六晚上吃過飯後，也就是說七點鐘過後。」

「所以李妙意來與張時方的到來，都是在他們在的時間裡。所以關於這部分證詞，時間點是成立的。再對照錄影帶的內容，晚間七點以後，在命案現場附近，算算應該只有她們四人沒錯。」

「李妙意來的時候，有跟黃士祺與王慧怡打過照面嗎？」

「當初的筆錄是說有。因爲黃士祺的書桌就在門邊，所以有誰經過，他應該很清楚。」

「不過，如果特意要躲過房門打開的這對情侶的注意，其實還是有可能的。畢竟從門前走過，除非特別去注意，我相當懷疑黃士棋這對情侶可以精確地注意到李妙意，尤其李妙意來的時候，已經跟這兩位打過照面，離開的時候確定也是一樣的照面情況嗎？若是沒有，或許這也是直覺上的錯覺，他們誤以爲經從藥學系系辦門口離開的人，就是李妙意，其實根本是不同人。」

「以警方的立場來看這問題，我並不覺得。這點眞的很重要嗎？第一，李妙意應該不會姦殺張時方。第二，別忘了，跟那對情侶的證詞比起來，地下室出入口的錄影帶內容更爲重要！第三，也要有所謂的「讓人誤以爲離開的是李妙意的人」存在，那請問，這「離開的人」在哪裡？」謝隊長講的自信滿滿。

「你講的沒錯……但是我是覺得，既然案件陷入死胡同，或許應該再詳細審視這些事件中有沒有漏掉的部分而已。」我雖然這麼說，但是無可否認地，李妙意在blue門診中談到她是「犯罪者」的陳述左右了我的思路，所以我偏見上當然會特別去關心這個環節。

老秦也接著說：「當年警方似乎沒特別再去求證，李妙意十一點離開寄生蟲教材室，繞過中庭，回到女生宿舍的行蹤。」看來，老秦也對我的話產生共鳴的聯想。

「這……你們這種想法還是有點死馬當活馬醫的味道，這有點問倒我了。我得看一下當年的筆錄……」謝隊長打電話請下屬拿資料過來。

老秦說：「按照我的了解，當時，女泳社的五位社員在地下室中庭游泳池做夜間練習，時間是九點到十一點之間沒錯吧？」

「是沒錯。講精確一點，是九點到十點半而已，十點半時，好幾位社員已經上岸，準備盥洗收拾東西回宿舍。」

「但是據我所知，那位叫做林克蘭的社長，好像一直待到十二點才上岸沖澡回家？」

「你講的沒錯。十點四十分之後，基本上游泳池就只剩林克蘭了。因爲她專攻的是長泳的項目，所以她練習的時間比較久。」

「那麼林克蘭有目擊到李妙意經過中庭嗎？」

「筆錄記載是有的。因爲李妙意與林克蘭是室友，而且李妙意當時戴著帽子，雖然遠遠地看不清楚，而且自己也還在做游泳練習，所以兩個人根本沒有打招呼，但是從體態上來看，林克蘭確定那應該是李妙意沒錯。」

「體態上啊。」我喃喃地說。

謝隊長看著我。

「女泳社的社員盥洗室在哪邊？」老秦說。

「啊，這我們警方倒是沒特別去記咧。我看一下紀錄……似乎除了那個劉美好是圍著披巾回自己的女生宿舍房間洗澡以外，其他幾位社員都是連泳裝也沒換，就到地下室的女性公共浴室去沖洗了。」

「但是林克蘭不是單獨一個人在游泳池嗎？」

「嗯，我的意思是剩下的三位，在離開游泳池後，她們就直接到女性公共浴室了。」

「對了，其實除了女泳社的三位外，在報導中提到，當時公共浴室裡還有十一名女舍的學生也在使用，我可不可以請教這十一名學生的名字啊？」

「當然可以啊。因爲當初的筆錄記錄很分散，我得找一下……好像沒有特別去記名字呢，都是編號而已……有啦，有一張，是有一張這十一名女學生自己的簽名啦……咦，這裡也出現李妙意的名字！我竟然沒注意到。」

□

「當初這十一名女生，只是查證紀錄而已，警方並沒有特別去調查。畢竟這是姦殺案件，以現在的眼光來看，方向並沒有錯。

「只是沒想到，這裡會出現李妙意的名字……不過，想想也合理啊。她離開教材室再轉到公共浴室盥洗，時間上並沒有衝突。

「這十一名女生當中，有六人是同一寢室的同學，在十點四十五分到十一點半都待在公共澡堂的浴池當中，其中有四個是在三溫暖的蒸汽浴室使用個別房間，剩下的一位就是李妙意。只是筆錄的記載上，這一連串女生姓名是張便條附件，我們認爲比較不重要，也看不出這裡有什麼問題，所以一直沒特別去注意。」

「這樣會不會稍嫌太過自信了？」我說：「我想了很久，對於這個事件的解決，會不會有以下我所要說的這種可能：

「其實要避過單一錄影機的監視並不困難。我提出我懷疑的地方，這可是我昨天絞盡腦汁想到的可能解釋。我想，兇手會不會是穿過公共浴室到醫學系八十四年班的辦公室行兇，再假扮李妙意離開？

「不是應該會有這種可能嗎？如果是這樣，不是就可以解釋那個消失的男性兇手究竟是怎麼逃離現場，而兇手消失的謎就可以解開了不是嗎？

「我們來看看女性公共浴室外的攝影機，或許它是正面對著女性公共浴室西側的出入口。

「假設今天有個男人背對著攝影機，快速穿過女性公共浴室，再到辦公室行兇。結束之後再順著李妙意所供述的路線離開，尤其李妙意離開寄生蟲教材室是戴著帽子，兇手只要把帽沿壓低，其實就可以暢行無阻。

「也就是說，在接近十一點時，李妙意根本沒有離開。她是回頭走相反方向，從浴室東側的出入口進入浴室，再若無其事地假裝盥洗完畢，從西側出口離開。

「進來的時候，背對攝影機，離去時難以避免會被照到臉孔，只要衣著一樣，自然會讓人以爲是同一人出入的錯覺。

「這樣就可以解釋姦殺案的男性兇手，是如何進入那個不可思議的空間犯罪，以及如何離去的問題了。

「如果這個假設成立，那麼明顯的，李妙意與姦殺案的男性兇手就是共犯了，至於男人的共犯是誰？我當然還是會懷疑是不是後來成爲她先生的周國棟？還是另一名在樓上作實驗的蔡東名？舉例來說，周國棟雖然是在八樓的動物房，如果他可以來到四樓，沿著那條斷掉下垂的萬國旗繩索或是利用其他工具（比如說火災逃生索）縋下到地下室來，那麼在案發時刻，他只要避過攝影機的鏡頭，加上李妙意的協助，就可以達到犯罪的目的。」

對於自己能找到這個可能的解釋，我不免得意洋洋。

可是謝隊長卻搖搖頭，表情似乎是有點不屑：「李醫師，你講了個有趣的可能。但是這就是爲何我們警察學校一再強調，實地的勘驗會比坐在辦公桌前面空想推測來得重要的原因。

「您講的是有可能，但是基本上是不成立的。

「我可以以我們警方的立場來告訴你，你推測錯誤的地方在哪裡：

「第一，我看不出來周國棟與李妙意有這麼作的需要，也就是說，動機在哪裡，你沒有提出可以讓我信服的證據。

「第二，你的論點要成立，基本上幾乎是推翻了所有監視錄影機在這個現場的證據力。的確，我承認公共浴室西側出口的錄影機，可能由於角度的問題，往往只能拍攝到進入浴室人員的背影與離開浴室的人員正面面孔，這種錯覺在比對時，極有可能會出錯或是看漏了，就跟你剛剛講李妙意離開寄生蟲教材室的錯覺推測是類似的。

「不過我可以明確告訴你，在地下室四點鐘玄關方向（圖一A0處）的監視錄影機，因爲是相當重要的目擊證據來源，所以我自己曾認眞看過。雖然李妙意離去時是戴著棒球帽子沒錯，但是她的帽沿並沒有像你所說的特意壓低，錄影帶中確實是她本人。也就是說，她在晚間十一點之前離開寄生蟲教材室，經過這台攝影機前面，這是百分百確定的事情。

「第三，再就你所說的，不管是周國棟還是誰下到地下室，再繞過來行兇的說法也是不成立的。先不論那條繩子根本支撐不了一個成年男人的體重，別忘了，當初的游泳池有人。

除非林克蘭也是共犯，否則她不可能沒有目擊到有人從樓上縋下繩索。更重要的，在地下室十點鐘玄關空間（圖一B0處）也有一台監視攝影機，你似乎忽略了。案發當時的錄影帶，我也比照複習過，根本沒有你說的可能性。而且它的功能也沒有故障，當初游泳社的社員出入地下室十點鐘方向這個出口時，以及前面提到的張時方以及啊……我想到了……連李妙意來去的情況都拍的一清二楚，所以更加證明你的推測是錯誤的。

「第四，案發時間相當確定是晚間十一點以後，這跟你假設成立的情況是相對抵觸的。這個案發時間，請你要特別記住。

「第五，你剛剛講到衣著類似這件事。請別忘了，這個地方是浴室，你不可能穿著日常生活家居衣服，隨意穿過澡堂，而不被人注意到。雖然從西側出入口進來的兇手可以把衣服留在西側，然後穿著你所謂共犯遺留在東側更衣間的衣服殺人後離開，然後共犯再穿著留在西側更衣間的衣服離去。但是我要強調的是，這個更衣的動作不能忽略，這時問題來了。如果有個男人穿過公共澡堂再來行兇，難道澡堂的女學生們都是瞎子嗎？請注意公共澡堂是個赤身裸體的環境啊，男人穿過女性公共澡堂不會不引起騷動的。」

一記結結實實的ＫＯ！

我有眼無珠把謝賓霖隊長看扁了。沒想到他的這番分析，竟然讓我昨晚苦心孤詣想出的解決之道，完完全全被打敗。

「所以警方有求證過當晚使用公共浴室的女學生們，究竟有沒有人穿過公共浴室？」就像拍檔摔角比賽，老秦這時接手發問。

「那當然有。剛剛提過，始終待在公共浴池泡澡盥洗的六位女性室友，可以說是這段命案時間內重要的目擊屏障，如果有誰進來盥洗，甚至穿越浴室到東側出口或是從西側出口離開，她們不可能會漏看。所以可以確信沒有任何人通過。」

「不過你剛剛提過，不是還有其他四名女生當時正在使用三溫暖間嗎？要使用三溫暖間不是會通過公共澡堂嗎？」老秦說。

「呃……你說的沒錯。其實不只她們四位，游泳社的三位也有使用，看這筆錄的說明是，這三個是穿著泳衣，先在公共浴室沖洗一下，接著再到三溫暖間。我應該修正我的說法，應該說，她們並沒有看到任何一位男性穿過澡堂的走道才對。」

「那李妙意呢？」

「呃……當年的筆錄裡面沒有記錄這個……這可能得再回頭問問當年這些女學生。都七年了，可能有的早畢業嫁人了。你們似乎相當在意當年李妙意醫師……」

老秦說：「其實我的同學小李講的也沒錯，當年的案件既然七年了都沒有進展，或許是該有不一樣的思考方向。」

「這可是姦殺案件啊，就算李妙意醫師有問題，那麼這個男性兇手在哪裡？」

「我暫時也想不出來。不過，隊長，從剛剛到現在，我們好像漏掉了一個問題。如果說，這個姦殺案是當年我同學藍醫師犯下的，那麼以你對這個案件的回顧來看，你有找到他可能進到犯案現場的路徑嗎？如果說，死者體內的精液是我同學的，榔頭上的毛髮也是我同學的，那麼這些東西在這個事件中的定位又是怎樣？你們還是堅持認為這是我同學幹下的案子嗎？我從剛剛聽到現在，並沒有聽到任何關於我同學可能涉案的直接切入點。」老秦說

「呃……關於這個，我們還在找。既然精液是他的，凶器的毛髮是他的，證據找到了，只要破解這個現場路徑的問題，七年前後的案子自然能夠水到渠成的解決。」

「隊長似乎相當有信心。」

「那當然。」

「但是說我同學是命案的兇手，其實還言之過早。」

「這我承認，因為這是困難的案件。」

「那麼我還有個疑問，張時方的命案現場，好像有碎玻璃。那扇窗子到底是什麼時候打破的？」

「呃，兇手打破的吧。」

「但是碎片是在室內呢。」

「呃，這個……重要嗎？」

「周國棟在星期六下午關好系辦公室的門之前，窗子的玻璃是完好的嗎？」

「他說是。」

「那麼就是下午之後打破的？」

「不知道哩，沒人去查證這點。不過，如果是在游泳社的練習時間內打破的，那麼在中庭練習的女泳社社員應該會知道。但是從筆錄來看，似乎沒有這樣的說明。不過筆錄是有一段記錄講到……在命案發生之後的十一點到十二點之間，中庭游泳池只剩林克蘭，她很肯定地說，沒看到是誰打破的。」

「如果玻璃被石頭敲破掉，那麼在藥學系辦公室的黃士祺那對情侶，可以聽到嗎？」

「似乎是沒辦法哩，因爲這對情侶作證，他們在案發時刻並沒有聽到什麼聲響。當年的警方也針對聲響做過一番查證與實驗，從藥學系辦公室似乎是聽不到聲響的，在寄生蟲教材室或許還有機會。」

「但是我看那個命案現場似乎並不很凌亂。死者陳屍的位置離辦公室入口也有一段距離。還有那個門鎖的問題，警方似乎還是沒辦法提出一個妥當的說法，我總覺得死者與兇手應該認識，外來的兇手要怎樣開啓這個門鎖是個疑問。若從這點來看，我同學藍霄似乎不太可能犯案。」

「如果要符合你所說的條件，當天就只剩周國棟與蔡東名了。但是我剛剛已經說過了，他們不可能犯案。這個張時方命案會懸宕七年，若重起爐灶，本來就預期會遭遇到困難，這我們已經有相當的心理準備。」

「還是謝謝隊長您的幫忙，這個事件聽了您的說明，我清楚許多。」老秦相當客氣。

「喔，你清楚許多？那爲何我還是花煞煞。」我說。

□

在警局的停車場。

「你清楚許多？」我問老秦說。

「嗯。」

「怎麼說？」

「不可隨便說。」

「老秦，別鬧了。快說，不要吊我胃口，這不是你的本性。」

「我一直覺得命案現場的榔頭眞是個怪異的存在。既然blue是在醫學院外頭被敲了一記，問題是，不管精液也好，還是榔頭上的毛髮殘留也好，會跑到研究大樓地下室的現場去就是奇怪。」

「對啊，這些東西怎麼會在命案現場中？」

「精液還可以用器皿保險套攜帶，毛髮的殘留可不容易僞裝，只是榔頭爲何會跑到命案現場，變成命案的工具？」

「老秦你的意思是？」

「如果事件的解決只有一種方式，那麼那種方式應該就是答案了吧。」

「呃……你的意思是你知道這是怎麼一回事？……不會吧，你已經知道是誰幹的？」

老秦微笑說：「我只知道張時方的事件可能是怎麼一回事？但是兇手是誰，還很難講。」

「很難講？啊……那你就先不要講，我想想看……」我似乎忘記我是偵探角色地這麼說。

「而且講到那件身首異處的案子，麻醉藥劑的使用，如果是經由靜脈注射的話，我想死者與兇手的關係，應該不是想像中的陌生，或許雙方早有認識……」老秦說。

□

醫學院與醫院相關證言記錄

周國棟部分

中午過後，我和老秦到我老婆娘家去吃了頓午餐。我的牙痛實在痛到不行，吞了幾顆抗生素，總算可以下嚥。

放著醫師本業工作不做，兩個大男人頂著大太陽奔走，調查過去的事件，就算是不務正業好了，反正我是把它當作休假的活動來進行。

要不是因爲blue遇到的麻煩事，我也不會有機會來到K大醫學院與K醫院。現在是暑假，醫學院人不多，醫院則不一樣，就像是我本身工作的T醫院與blue所在的C醫院，根本沒有所謂暑假不暑假的差別。

我們第一個打算拜訪的是周國棟醫師。

在沒有見到他本人之前，從此次事件關於周國棟的所有資料描述來看，感覺上應該是個相當有女孩子緣的男人。

有「女孩子緣」。這個形容詞是我小李形容男人魅力的最高級。像我只有「帥」，但是似乎沒有女孩子緣，這是我從醫學院以來刻骨銘心的體會。見到周國棟本人之後，果然跟我內心想像的模樣差不多，他是個書生模樣的醫師。

據說單單針對名字與綽號，就可以在直覺上給人相當的印象和想像。

我作過一次關於名字的「學術田野調查」，把這個詞框起來的意思，我也不知道我這種調查算不算是探視民瘼？因爲從醫學院以來，「小李」就是我的綽號。在醫院裡，同事們也喜歡稱呼我「小李」醫師，所以我非常想知道「小李」這種綽號到底是代表哪種觀感和印象。結果按照非正式統計，「小李」代表「情剩」和「跟班」的看法意見最多人圈選。這眞是傷感情的統計結果，看來我在綽號姓名學中注定是跟班的料。

以在醫界的資歷上來說，老秦跟我算是比周國棟資深，周醫師的態度也沒有我想像中的拒人於千里之外。

要怎麼談？怎麼聊？是有些難以啓齒，既然我在老秦面前拍胸脯說，由我來發問，我還是得找個切入點。

我表明來意，並代表blue的立場來說明這個事件。

我並沒有直接開始聊，而是先把那封電子郵件的內容交給了周國棟。

周國棟似乎相當專心地閱讀著，從他的表情看不出來他的情緒起伏。

看完後，周國棟淡淡地說：「怎麼會有這封信？」

我把blue的角色尷尬處講了出來。

「原來如此，這位藍醫師我知道。最近雜誌報紙有談到一些他的事，我有注意到。」周國棟說：「但是對於信件的內容，我已經不想再說了。妙意死了，再談其他的都是多餘。張時方的事情已經都過去了，我不想再多說，該講的都對當年的警方講過了。」

「我們不會耽誤你太多時間的。我們只想釐清幾個事件的疑點，因爲我同學最近搞慘了，同爲醫界的一份子，可以幫忙就幫忙一下啦。」我說。

看到對方似乎沒有再度表示明確的拒絕之意，我說：「李妙意醫師好好的爲何會自殺。」

「……」

周國棟眉頭一皺……久久地，他的眼眶泛紅：「那是我的錯。」

「六月十二日那天，我們如果沒有爭吵，事情也不會這樣了。我根本不知道產後憂鬱對她的打擊是如此之大。」

「本來夫妻間吵架，我們是不該過問的。但是因爲我老婆最近懷孕了，我又是婦產科醫師，你的悲傷我可以了解，也可以感同身受。」我說。

「其實……流產的事……才是我們爭吵的主因。流產是相當令人沮喪沒錯，不過……我不是指流產本身……」

「呃？」

一陣相當長的沈默。

「那個小孩不是我的。」周國棟說。

「……」我們還是沈默。

「剛剛的電子郵件裡面不是說我是無精蟲症患者嗎？我也是醫生，我知道這個詞的意思……」

「你……老早就知道了？」

「沒有，我是今年四月份才知道的。」

「戴摩齊婦產科？」

「……」

「不好意思，我們知道這件事，會過來的目的也是因爲想請教你這件事。只是都已經流產，爲何還要去求證呢？這樣似乎於事無補，怎麼會想到去檢驗自己的精蟲呢？」

「……」一陣沈默之後，周國棟說：「你們不是看過剛剛你們帶來的電子郵件嗎？檢驗之前，我根本不知道我的精液狀態，怪的是，竟然有人知道！世上竟然還有人會比我自己更清楚我的精液情況，眞是可笑。」

「你不認識那個王明億？」

「現在我會說認識才有鬼。」

「不過信件中講的，你與張時方的部分，還有無精蟲的描述部分……」

「那部分沒錯。但是我根本不認識這個什麼勞什子王明億，天曉得他是從哪裡冒出來的。」

「那你剛剛說，有人知道你是無精蟲症患者，你說的難道不是他？」

「我在咖啡館就看過王明億，我根本不認識他。我說的是，有人打電話來提醒我，我老婆流掉的孩子……不是我的……我不是小孩子的父親，那個小孩不是我的。」

「有人打電話給你？那是誰？」

「這輪到我反問了，我此刻再去追查是誰，有意義嗎?!」

「有時候眞相的探求是難以避免的，雖然有時會讓人覺得不愉快。」

「那是個男人，但是我不知道是誰。」

「所以你還是姑且相信，並且到婦產科去作了檢查？」

「檢查結果出來後，我相當氣憤。我氣憤的不是我的精蟲狀態，而是我被我最呵護的老婆欺騙了。」

「你馬上質問李妙意醫師？」

「沒有。檢查完後，我一直隱忍著。直到六月十二號因爲第一次吵架，我氣不過才把它抖出來。當時我相當的氣憤……一點也沒想到我應該體諒她。」

「你知道她四月份就開始掛精神科的門診？」

「當時不知道，妙意自殺後，我才知道。」

「你曾聽她提過自己做過『張牙舞爪條蟲』的惡夢嗎？」

「什麼蟲？」

「條蟲，寄生蟲的條蟲。」

周國棟突然把身體背對著我們，長長地吐了一口氣，然後拿出一張紙條來：

我知道周國棟不可能有下一代。妳的小孩不是周國棟的，你欺騙了周國棟。

就算是流掉的胎兒，依然不能改變他不是周國棟小孩的事實。

呵呵呵呵，小孩是呂名成的，難道妳不怕他女友不高興嗎？

知名不具

周國棟的手依然顫抖著。

「這張紙條……是妙意跟我爭吵的那天，她拿給我的！她只想有一個小孩，只想擁有成爲人母的喜悅！只希望我能安慰她的憂鬱心情……但是我那天氣憤薰心，我根本沒想到要去幫她設想……」

周國棟懊喪的話語滔滔不絕。

我跟老秦並沒有漏掉「知名不具」四字後頭的條蟲圖騰。

□

呂名成部分

呂名成說：「我相當的意外，這種事情竟然會有人知道？我沒必要否認，但是如果妙意現在還活著的話，我一定會否認到底。

「承認是一回事，但是我有我保留的部分，我跟妙意之間爲什麼要這麼作？請恕我無可奉告。

「誰叫人工生殖管裡辦法對於不孕婦女的精卵捐贈，竟然這麼多的限制與不便，這些限制，我想身爲婦產科醫師的你，不需要我在此贅言！

「山不轉路轉。我們自有解決的方式，我是以朋友的立場來作這件事，我心安理得。但是我要強調，我們的行爲完全沒有感情成分在內，我會這麼直接講出來，是希望你們不要把這件事讓我女朋友許純娟知道，不要傷害到她……」

「你的意思是，李妙意醫師早知道周國棟是無精蟲症患者？」

「同樣是醫生，妙意就比周國棟本身敏銳多了……」

□

傅東祺部分

「現在還有人在查這種事啊……」根本就是籃球員體格的傅東祺，笑聲、做事、說話，都相當阿沙力。在其下刀的開檔，在開刀房外的醫師休息室裡，我們表明來意。除了詢問求證當初「星」咖啡館的事情，包含他在內的幾位當事者的醫學院生活，甚至他與呂名成在當年發現張時方的命案情況之外，因爲重複而有點累贅。這部份日後blue整理時，若覺得不需要可以刪掉吧。

□

蔡東名部分

「我根本不知道，我竟然也會在這件案子參上一腳。當時我只是因爲實驗室不能抽菸，所以出來抽菸透透氣。我就只喜歡研究，其他我才沒什麼興趣……當天我並沒有特別留意到什麼狀況。至於學長想問玻璃的破碎聲，當時雖然是晚間，特別安靜，不過我沒特別注意到什麼……我好像是有聽到玻璃破碎的聲音……我不敢保證我沒聽錯，不過應該是在晚間十一點以前。警方當初問過我，我不說我沒確定的事情，不過那時我有回去查過我的實驗步驟，如果當初沒聽錯的話，破碎聲應該是發生在十一點以前，這是我可以確定的。但是當年我根本不想告訴警察……不爲什麼，純粹是奇摩子問題而已。」

□

黃士祺與與王慧怡部分

兩人已成爲夫婦，並沒有與當年不同的證詞。

「當年的事件，我們一輩子也不會忘記。想來眞是可怕，不過，有需要我們幫忙的，我們一定知無不言。」黃士祺說。

□

女泳社部分

對於警方處所獲得的張時方命案關係人的清單，在醫學院教務處的幫忙下，我們探知，不是已經畢業嫁人，就是不在高雄縣市了。

即便如此，我們還是一一打電話諮詢，這樣下來也耗了一整天。

不過，老秦想約當年幾位游泳社的幾位社員見見面，打電話約定見面並沒有遭遇多大困難。

當年的社長林克蘭現在是眼科的住院醫師。許純娟護理師和葛來恩藥師都在K醫院服務。陳予思現在是市立醫院精神科的住院醫師，已婚的劉美好則是與陳予思醫師是同一家醫院皮膚科的住院醫師。

約女孩子見面，是我小李的拿手項目。一次約五個，其實也難不倒我。

不過，這牽涉到「戰術」問題。講到戰術，那當然就是經驗層面的場面話了。醫學院時代，舞會聯誼總要個臉皮厚的帶頭老大出面，很不好意思，這就是我小李的工作。所以啦，約女孩子見面，我相當地駕輕就熟。我剛剛講到「戰術」，其實很簡單，我判斷只要找林克蘭一定約得成全部成員。

因爲現在醫學院的早泳會，是對醫院員工與醫學院教職員及學生開放的。早泳會似乎是針對女性成員爲主要訴求的社團，是從女泳社這種學生社團衍生出來的社會人士社團，這似乎都是林克蘭醫師的功勞，她把當年的女泳社發揚光大，好像把單純一個游泳社團多面化，特別針對女性加入像婦幼保健之類不同的內涵。

既然林克蘭是顯而易見的靈魂人物，找她就沒錯。

但是我小李可是很聰明的，與這類女性朋友對談，絕對不能油腔滑調，態度要莊重，措辭要小心……

所以啦！我的重要性就在這裡。

要是老秦，這種場面一定應付不來的。

□

早泳會？

未免也太早了。

她們四點就開始熱身的樣子。

問題是我三點就得起床，過去載我的助手老秦，前往K醫學院當初事件發生的研究大樓。

因爲早泳會的活動地點，就是七年前張時方事件裡出現的中庭游泳池。

起這麼早，實在吃不消。雖然我是婦產科醫師，難免會有半夜起床接生的經驗，但是這種半夜起床來參與人家游泳的活動，心態上是不同的。

不過，說實話，睡眼惺忪的我一來到游泳池畔，睡意馬上全消。

「嘿，兩位學長，這邊！」林克蘭看到我們出現，相當熱情地打招呼。

我的瞌睡蟲馬上全跑光。

□

林克蘭穿著比基尼泳裝，跑了過來。

突然間，我覺得困窘……

我都已經感到「困窘」了，更不用說是老秦。

在跟她講話的當下，我一直不知道我的眼睛該看哪裡才適當。

身材高挑火辣，姿態窈窕，舉止大方自然。我實在很難想像，醫界裡頭有這樣如同西方泳裝美女日曆上模特兒的女醫師。

人家說的天使面孔，魔鬼身材就是這種女孩子，一頭長髮挽在後面，眼神一派清純，臉上掛著相當令人有好感的笑容。

「是啊，現在研究大樓的管制方式改變了許多囉，規定有變嚴格，也有放鬆，當然也有變方便的地方。因爲習慣這裡，就算出社會工作，還是喜歡回來老地方活動。」

當然我們並不是一開始就跟林克蘭直接談到張時方命案的，之前還是天南地北先亂聊了一些。老實說，我已經算是大方了，但是我覺得林克蘭比我還健談，是個有領導魅力的女子。

「人家都說我對人有熱情，什麼事情看準了就不遲疑，絕對投入。在醫學、在生活上我都是這樣，所以早泳會經過這麼多年來，參與者越來越多，參與游泳的風氣會在K大這麼盛行，我不否認是我的緣故。我喜歡挑戰，喜歡充滿變數的生活，如果人生像那種一定會贏的賭博，我才會覺得沒意思……」

怎麼會講到這方面去，我也不知道。我與她聊得相當契合，老實說我有點忘形了。奇怪，老秦也不提醒我。

踩煞車還是得老秦來：「請問學妹，當年張時方……」老秦把今天前來的主要目的提了出來。

林克蘭還是相當爽朗說：「對啊！學長昨天提過，今天要問這件事……你們等一下，我請我們當年的幾位社員過來……」

□

在林克蘭招手下，游泳池與池邊熱身的泳裝女子中，有幾位朝我們的方向走了過來……

天空雖然闇黑，池邊的燈光卻一片通明。

這下子，我更加困窘了，我總不能眼睛一直往上看天空吧。醫學院時代的老秦似乎只要遇到類似的情況，蕁麻疹必然會發作。不過，看來過了三十歲，他的這個過敏毛病好像改善許多。

「各位，這位是李醫師。不過李醫師不喜歡人家這樣叫他。大家可以叫他小李，那位是秦醫師，這兩位就是我昨天跟大家提過，要來拜訪我們的學長，小李……李學長，你是不是身體不舒服？」林克蘭問。

我趕忙擺手否認：「牙齒痛而已。」

「這位是我學姐，陳予思。」她穿著連身泳裝，色調算是裡頭較爲樸素的一位，身材也是相當姣好。「學姐是我們幾個當中，游泳實力最好的。當然啦，學姐的出席率最高了，那段時間裡簡直是全年無休拼命般地練習，練得勤當然成績可以保持一定水準，大學時代都是靠她在拿獎牌。」

「這位是呂名成醫師的紅粉知己，許純娟護理師。」是個身材嬌小的女子，穿著有熱帶魚圖案的泳裝。「純娟最秀氣了，總是把游泳當作消遣，不過你別看她這樣，她可是國家級救生員教練喔。」

「這位是葛來恩藥師。就是前一陣子被那個跟蹤狂王明億跟蹤的那位美女，哈哈，她這種混血兒美女最有女性的誘惑力了。」葛來恩也是穿著兩件式粉紅泳裝，顏色大膽。她聽林克蘭這麼介紹，抿著嘴笑說：「克蘭，妳不要虧我了。前一陣子那件事我嚇死了，拜託，千萬不要讓我再碰到這種變態。」

一夥女孩子笑得花枝亂顫，鬧成一片。尷尬的老秦與我只能面面相覷。

最後這位懷孕的女性就是劉美好醫師了。她也是陳予思醫師的同學。劉美好向我們點點頭，劉醫師是個漂亮的孕婦，裡頭只有她是穿著T恤與短褲，露出兩截白晰的美腿。

「好啦，姊妹們，別鬧了。學長是想請教各位當年張時方命案的事情。」聽到林克蘭這麼說，現場氣氛似乎突然冷了下來。

□

其實我們的問題還是想要求證，當年的情況與警方的紀錄有沒有出入。而結果似乎是跟警方所記錄的沒有什麼兩樣。

秦博士倒是特別針對幾個問題尋求學妹的幫忙：

一、游泳社活動的時間是否真是九點到十一點？

這點是確定的。社長林克蘭是最早到與最晚離開的也沒錯。

當天比較特殊的是，劉美好中途因爲突然月事來潮，不適合再繼續練習，所以在十點十五分離去。而陳予思好像是因爲準備游泳社的隊服製作而耽擱，所以十點過後才來到中庭游泳池。除此之外，整個女泳社當晚的行蹤與警方的筆錄並無兩樣。

用。

二、女性公共浴室部分

披著浴巾的林克蘭，帶我們親自走一趟女性公共浴室，了解一下當年地下室的建築情況，之所以連女性公共浴室都能進去瞧一眼，是因爲現在是大清早，這個地方目前沒人使用。

當年，女泳社社員在游泳訓練結束後，就近使用此處的公共浴室。除了劉美好因爲月事來潮，所以不適合去澡堂外，陳予思，葛來恩，及許純娟三人，拿走置於游泳池邊的隨身物件，先在公共浴室的更衣室放好隨身物件，穿著泳裝，三人先後直接走到隔間三溫暖區的蒸汽室裡，之後再加入公共澡堂浴池中跟女舍學生一起泡澡。

既然是公共澡堂，赤身裸體在所難免。不過游泳社的社員，可能是因爲運動員訓練的關係，身材都不錯，在女性浴池裡表現也都很大方。裡頭既然都是K大醫學院的宿舍學生，彼此都相熟，根本不需要遮遮掩掩。

女泳社三位的說明都相當一致。不管是在三溫暖間，還是在開放的女性公共浴池，確實沒有陌生男性穿過浴室的走道，她們也都說，李妙意差不多是在十一點多進到公共浴室當中，而且確實是使用個別的隔間浴室。

她進入跟離開都是從西側出入口沒錯。所以我的推論是錯的，因爲不僅女泳社的社員，連其他使用浴室的學生證詞都是這樣的。

有一點我得承認，在老秦嚴肅地調查這些事情的同時，我和幾位女泳社學妹聊得很愉快，聊啥？記錄下來會有點丟臉，反正都是哈拉一些無聊話，與調查的事件通通沒有關係……我不是故意的，反正我也不知道，一扯就扯得沒辦法收山，可能我就是話多吧。

□

林克蘭的部分

不知爲何就是跟林克蘭學妹特別合得來。

兩人之前並沒有見過面，但是聊起天來並沒有如我預期中的壓迫感，她對老秦和我的詢問也沒有多大的刁難。

「眞的要重查這件事嗎？」除了反覆不經意地問了這句話三次。

「那當然！事情不搞清楚會難過，我們就是這麼龜毛。」我每次都肯定地回答。

在看過女泳社七年前的訓練日誌後，秦博士在當年女泳社的辦公室中說：「林醫師，我想請教一個比較隱私的問題，不知可不可以？」

「請說。這邊就我們三人，我什麼都可以回答。」眞是阿沙力。

「當晚十一點過後，張時方發生命案時，妳好像還在游泳池附近？」

「是的。」

「那妳有聽到什麼聲音嗎？雖然從中庭看不到八十四年班系辦裡面，不過應該可以聽到什麼吧。如果妳有什麼重要的線索，或許可以對整個案情的釐清扮演相當重要的角色啊。」

「沒有，我沒有去注意。」

「不過，當晚的八十四年班系辦，燈是亮的吧？」

「那當然。」

「何時亮的呢？」

「應該就是張時方進到辦公室後打開的吧。根據你們剛剛說的，讓我想到，差不多是十點半剛過的時間。」

「那隔壁的八十五年班系辦呢？燈光是亮著的嗎？」

「那時沒亮啊。這大家都知道。你問過這個幹嘛？」

「我只是奇怪……不知道林克蘭醫師妳跟李妙意醫師是什麼關係？」

「她是我直屬學姐。雖然她跟陳予思以及劉美好兩位學姐是同班同學，但是她不是我們女泳社的成員，所以我通常稱呼她學姐。」

「你們當年好像是室友？」老秦問。

「是啊。」

「當年張時方的命案，現場有一扇窗子的玻璃破了。不知道你還記不記得這件事？」老秦問。

「記得啊，被問過好幾次。」

「玻璃到底是何時破的？」

「不知道咧。如果破掉了，我一定聽得到。」

「你是這樣跟當年的警方說的。但是我後來查詢蔡東名醫師，他說他好像有聽到玻璃破掉的聲音，而且時間是在案發當晚十一點之前。這樣的說詞，好像跟你的有點出入哩。如果是在這個時候，在中庭的妳，應該有可能會聽到才對。」

「應該要相信我的話才對吧。我離窗戶比較近，我百分百沒聽到有玻璃破掉的聲音。」

「百分百啊……百分百否定比較奇怪哩……玻璃破掉是個事實，玻璃會不會就是妳打破的？」

她似乎嚇了一跳地看著老秦：「嘿，你怎麼會有這種推測？」

「我聽過妳當年的說法，既然你在游泳池游泳，游泳時，除非你是一直保持抬頭蛙的方式，否則你應該沒辦法肯定有沒有聽到玻璃碎裂聲才對，爲何你會如此堅持肯定自己沒有聽到呢？……所以我想，說不定這塊石頭是妳丟的……這是合理的推測啊。」

「……」

「我有一個想法，不知道對不對？如果當年妳是故意打破玻璃的人，我不會把妳的行爲當作無意義的舉動，妳爲何會突然拿石頭把現場的窗戶打破呢？」

「……」

「如果窗戶是妳打破的，那表示在案發時刻，八十四年班系辦是妳關心注意的地點才對。為何妳打破窗戶後，竟然沒再去注意它，這種轉折有點急遽，令人疑惑。如果當年妳有注意到八十四年班系辦案發現場十一點之後的狀態，不管是聲響也好，或任何蛛絲馬跡也好，那麼，當年的事件可能就不一樣了……這是令我想不透的地方。」

「十一點之後，我就沒去注意了。雖然你懷疑，玻璃是我用石頭打破的，要我現在承認也沒關係，但是既然當年警方查不出來，我也沒必要承認。」

「為什麼呢？為何要敲碎玻璃呢？是因為李妙意嗎？後來沒再去注意現場，是因為李妙意離開的緣故嗎？」

林克蘭露出不可思議的表情望著秦博士，秦博士沒有迴避眼神。

奇怪！小李我竟然搞不懂他們兩人之間的對談意義與邏輯？

「我─喜─歡─她。」林克蘭一個字一個字說得很清楚：「我不能讓她……事情已經過了那麼久……而且現在追問這些有意義嗎？別忘了，她死了，溺水死了，這件事整個醫學院醫院都知道。我希望能保持她在我心中美好的形象。其他的，我不想多說了。」

「謝謝，這樣就夠了。」老秦點頭說：「如果妳想到要多說什麼，可以隨時通知我。」

我還是丈二金剛摸不著頭緒。

□

離開K大醫學院，已是中午。

「老秦，有沒有進展，這兩天忙了這麼久，有沒有進展？你剛剛跟林克蘭在講什麼啊，我怎麼都聽不懂？」我問。

「嗯。」

「嗯是怎樣？」

「應該就是那個人幹的吧。」

「喔，那個人……誰啊？」

「我想一下該怎麼組織我的推理……」

「你的意思是你破案了？哇塞，不會吧……」這時，我的手機響起。

「瞎米？摔倒？這怎麼可以？哪一間醫院……不行不行，等我等我……老秦，芳惠摔倒了，肚子不舒服，天大地大老婆最大……我要趕過去……那個我處理好再過來。不對不對，不用再過來啦。我怎麼可以亂了手腳，冷靜冷靜……老秦你自己坐計程車回去，我要去處理老婆大人與未來小犬的事情……好好好，我火速趕到！」

第五章　秦博士的獨木橋

自從學生時代起，我便以推理小說的形式與手法，紀錄我的同學秦博士在各個詭譎難解的事件中活躍的情形。

久而久之，身為記錄者的我，名片上多了個「推理小說作家」的頭銜。

既然是作家，表示我跟一般報導紀錄者是稍微有點不同的。

既然是牽涉到詭譎難解謎團般的事件，那麼我寫的秦博士的故事，基本上就是本格推理小說的形式。

本格推理小說的形式？什麼叫做本格推理小說形式？這很難以簡單的話語來解釋清楚。

因為我記錄的就是我的所見所聞，罪案實錄的紀錄會變成現今這種形式，呈現在讀者面前，當然不是故意，也不是我的本意。

這次事件，對我是難以磨滅的回憶。跟我過去記錄的事件相比，也是相當獨特的經驗。

畢竟，過去的事件從來沒能像這次這般，讓我不可抗拒地涉入如此之深。

第四章，我一字不漏地把我的同學小李的手記記錄抄錄下來，所以這次的事件記錄就變成這種鑲嵌型文章的形式，或許會令讀者覺得奇怪與格格不入。

但是，那是小李在此次事件的「偵探之眼」，也是他與秦博士對於事件探查的重要環節。不管是就事件的推演，還是推理小說的紀錄，我都不能取代它或改變它。

閱讀他的紀錄，我的感覺很異樣，若要說是百感交集也不爲過。過去我是看戲的局外人，所以我可以客觀地記錄我所見到的事情，我可以隨著劇中人物的情感起伏而喜悲。然而閱讀第四章小李的記載時，突然讓我有著「原來我始終是局中的戲子」這樣的體認。

那是錯置的位置，錯置的感覺。雖然初初感覺是不快而難以適應的，然而換個角度來看，生活中何嘗不是充滿這類的驚奇？

原來，看球賽的觀眾還是有相當高的機會突然變成上場比賽的選手。上場比賽的選手也相對會突然退場，成爲觀看比賽的觀眾。

這眞是奇特的經驗啊。

如同第四章開頭，小李所說的，當此次事件形成鉛字紙本呈現在讀者面前，這表示這個事件已經解決了。既然由我來接續記錄這個事件解決的部分，我要如何來寫這個段落？

這個念頭曾經一下子閃過我的腦海，但是我立即發現我是多慮了。

因爲我根本不需要去煩惱這個事情。

就像我前面提過的推理小說的形式，讀者如果是從序章的第一頁開始，逐字逐句閱讀到這個段落，那麼我還需要去定義所謂的「本格推理小說的形式」嗎？

但是，據說推理小說作家總是會有一種「童心的傲慢」。

我不否認我就是這種無可救藥的份子。

就像第四章小李所說的，我是有點「白目」。我是不知道在正統文學的修辭學上，有沒有「白目」這個詞？但是在日常生活用語中，這倒是十分淺顯易懂的常用詞彙。

過去我曾經提過一段從推理評論文章抄過來的話。大意是說，傳統推理小說的有四項要件：「一、發端要神秘。二、經緯要緊張。三、解決要合理。四、結果要意外。」七項素材：「一、時間。二、地點。三、被害者。四、偵探登場。五、加害者。六、犯罪動機。七、犯案方法。」

四要件和七素材講的是傳統推理小說的概念，我相當喜愛這種看法。

既然我是以推理小說的形式來記載事件，那麼我就要在這個基本定義的規範中行事。

過去我真的有遵循這個規範來記錄秦博士探案嗎？我不管。

就算是遵循規則來寫作，那麼在框框內的形式紀錄，我算是成功嗎？這我也不管。

我也記得有一篇推理文章，談到本格推理小說的困境與突破，其中談到了「幻想性至上」、「邏輯至上」、「詭計至上」、「謎團至上」、「意外性至上」等等各種創作本格推理小說的可能性出路。

在我記錄秦博士幾件活躍的事件裡，我到底做到了幾點？老實說，我是有點心虛的。記錄者紀錄著現實生活中的罪案實錄，就算換個包裝，以推理小說形式來發表，實錄的犯罪事件會有幻想性？詭計性？邏輯性？謎團性？以及意外性嗎？

翻開每天的報紙社會版，答案是不言可喻的。

我的推理小說，牽涉到我這個紀錄者的部分，基本上是不及格的，描寫到被紀錄者秦博士的部分才是加分的地方。

這不能怪我，我也有我的侷限性。

我要在這裡再度提一下那篇文章裡，關於「意外性至上」當中的一個段落。它說，推理小說講究在結尾處能夠打破既定成見，以顚覆日常生活經驗爲最高目標，全力追求那種能夠將自己所熟知的世界和價值觀連根拔起的驚奇感，不喜歡謎團在情節發展過程中，一層一層慢慢解開，而是期待盡可能到最後才一下子全部揭曉。最理想的解謎是在全書的最後一行，這樣才能得到最強的意外性！

每次我看到這裡，我會問，這有可能嗎？有可能到最後一行才讓閱讀者得到最強的意外性嗎？答案有辦法到最後一行才完全解開嗎？

在事件的解決篇，我浪費了相當多的筆墨在推理小說的創作理論。身爲事件的紀錄者，有必要在結局的終章講這些無聊的事情嗎？不是照本宣科、逐字記錄就好了？

但是我說過，在事件的序章我就說過：

我實在不知道該怎樣去陳述這整個怪奇的事件，才能將這些日子以來，我心中的困惑與不安，翔實地表達出來。

身為推理小說作家，描述杜撰的詭譎故事，原本應該是駕輕就熟的事情，但是這個發生在我身上的真實事件，實在是超乎我理智所能理解。就算僅僅只是回想，我也會莫名其妙地焦躁不安起來。

也就是說，這次的事件是眞實的，是超乎我所能理解的。在記錄終章的當下，即使我已理解、已知道事件的全貌，我依然心有餘悸，回憶記錄事件的此刻，我的雙手是抖動的。

當然我會去思考推理小說的創作理論，並不是無的放矢。

因爲這是一種記錄者偏執的潔癖。

既然要以推理小說的手法來記錄整個事件，我害怕會因爲自己自作聰明，把它搞砸了。

因爲一切的一切，其實都不需要我自作聰明……

這種感覺，從收到那封信後，就存在了。

那封信？是的，又是一封信。

□

秦博士建議我抽了一管血，找人送到高雄市警察局去。這是在秦博士與小李經由許小山隊長的引介，與謝賓霖隊長在市警局碰面結束後的兩個小時。

老秦只是建議，並非規勸。

所以我雖然忐忑，還是照作了，因爲從行動電話那頭，老秦是這麼說的：「雖然跟你有關，但是你也是受害者。這些事情都不是你做的，沒必要退縮。」

簡單而直接，這不是安慰的話。

老秦並沒有說明他爲何如此說？以我過去對他的了解，他會這麼說當然有他的自信。他的自信，不需要講出來，我可以直接感受到這股支撐的力量。

過去在他解決的事件當中，老秦曾經說過，不管是再怎樣迷惑的事件，既然發生了，必然會有一條解決之道。這條路徑可能狹窄，可能佈滿荊棘，可能迷霧重重，但它依然是條路徑。

就好像河岸的這邊與對側，只有一條獨木橋可以相通。調查事件的人，不管是職業的警探還是業餘的人士，其實沒有兩樣，因爲他們都是要去把這條不顯眼的獨木橋找出來的人。

老秦踏上獨木橋後，往往會留下明顯的導引路標。

只是這次很奇怪，在小李離開後，踽踽獨行的老秦從對岸回來，並沒有告訴我整個事件的結果。

是發現獨木橋的對岸是條死路？還是柳暗花明的所在？老秦沒說。

感覺上，他不是很愉快。

雖然DNA檢驗報告證明，殘留在張時方體內的精液是我的，但是警方並沒有再來找我，八卦媒體也好似忘了我。

整個事件突然靜寂了下來。

老秦說：「blue，我得離開了。事件解決了，一切跟你無關。」

老秦自己不往下談，多年同學的我，也不會不識趣的追問到底。

老秦踏上高雄市火車站的月台時，天空正下著雨。偶爾有閃電，陰霾的天氣沖淡了這段時間以來暑氣的燥熱。

他身上依然是一襲黑色大衣。

笛聲響起，火車進站。

我揮揮手說：「老秦，謝謝你。」

秦博士在上車前，向我微笑說：「我走了。這段時間你辛苦了。你再等個幾天，若沒有結果，我會再回來。不用擔心警方的想法。」

身影消失在車廂中。

秦博士的獨木橋……在河岸的那端出現了什麼樣的結果呢？疑惑就像天空的烏雲般，罩在我頭頂，但是雲後的陽光，在我擺脫無謂的心理壓力後，似乎也逐漸出現。

老秦離開隔天，我在科務室吃早餐，秘書拿了一封信給我說：「藍醫師，你的信件。」

我看了一眼，沈甸甸的，沒有寄件人的地址與姓名。不是老秦或是小李的字跡，只是這封信有郵戳，有整齊的字跡，是一封與平日收到的郵局信件沒兩樣的普通郵件。

「C醫院精神科　藍霄先生　親啓」

我撕開信封，把信展開。

□

藍霄先生您好：

實在不能再說我寫這封信給您是冒昧了。

那麼，我還需要向您表示歉意嗎？

我左思右想，在信件一開頭再度向您致歉似乎顯得虛假。這實在不是我的作風，畢竟虛假的事情已經太多了。說過一次、做過一次對我來講就已足夠，再重複就沒有所謂的創意。

您收到信的此刻，可能我的魂魄正繞在您的身邊，看著您閱讀我寄來的信。雖然我們已經沒辦法在同一個世界中作直接的溝通，然而對於已經死掉的人，藍霄先生，您還會計較這種道歉不道歉的枝微末節嗎？

「我寫這封信的目的其實很單純，說來或許您不相信，我只是在尋求一個可以聆聽我說話的對象，我知道醫師，特別是精神科醫師，原本就是最能扮演好聆聽角色的職業。

「對病人而言，自己的主治醫師聆聽自己陳述的苦痛似乎是天經地義的事。這是病人自私的佔有慾。不管對不對，我同意這種看法，或許也可算是我個人的偏見吧。」

看到這兩段，藍霄先生，我還需要廢話嗎？

記憶是有趣的事情。學術討論「記憶、失憶、譫妄」就沒啥意思，醫學上不是最喜歡所謂的臨床實證嗎？從現實生活中的經驗來看，若說藍霄先生忘了這兩段話，我是打死也不相信的。

當然，我自己也不會忘記。畢竟我們曾共同在河岸的這一邊。

沒錯，那封電子郵件是我寫的。您一定很奇怪，王明億不是已經死掉的人了嗎？現在怎麼還有辦法來寫這封信，承認一個月前的電子郵件是自己寫的。

道理很簡單，我不是王明億。上次寫信給您的人也不是王明億。

始終都不是。

呵呵，真是亂七八糟。

沒關係，這也是我再度摘錄那兩段話的主因。我希望你好好聆聽，細細體會我的言語。

當然囉，你不是我的醫生，我也沒有必要再保持低調的語氣來面對你。不管我的態度是多麼傲慢，精神科醫師的你是不該生氣的。

我知道，你會懷疑我寫這封信的可信度……

昨天高雄大雷雨，樂透彩連四期槓龜，你們醫院的試管嬰兒團隊上了電視媒體，陳述一些精卵捐贈倫理問題的看法。

我算了一下時間，明天你應該就可以收到我這封信。

當然了，明天你將會發現，我從K大樓跳下摔成爛泥的新聞會在報紙上出現，我不知道電視新聞會不會報導這件事？

明天？不對不對，這樣講你會混淆。萬一我估算錯誤，信件早到或晚到一天，那你豈不是會搞混了？畢竟人生在世，樣樣事總不能百分百掛保證，就算估算再仔細，難免會掛一漏萬……唉，所以理想的說法是，你收到信的這天，我已經跳樓摔成一灘爛泥了。

你可以看看收信這天前後早報的消息，就可以知道我有沒有說謊。

再度寫出這麼明確的事件，只是要證明今天我寫的信……也就是我死亡之日所寫的信，是百分之百的可信。

當然信不信在你，只是我已無必要對你說謊。前面已經講過，作弄一次就夠了，何況在你的同學秦博士面前，我的謊言與作弄根本是沒有意義的。我以一個將死之人，真誠地表示，我甘拜下風。

這點希望你幫我轉達。

對了，你順便告訴他，「自首」兩字並不在我人生價值觀的字典中。我不想侮辱我自己與我的伙伴，我了解，他應該也了解，但是我還是感謝他。

離題了。臨死前還廢話一堆，真是糟糕，原子筆沒水了，我換一支再寫……

對了，這不是電子郵件，上面會有我的筆跡、指紋、汗水、淚水……

這次，你可以安心，我不會再害你了。

嘿嘿，害你？好吧，還是對這段時間以來對你造成的困擾，講一聲「對不起」好了。

廢話，通通是廢話。死前的我突然多話起來，這是怎樣的心態呢？我是想抓住人世間的什麼嗎？不是的，我已經很堅定了，這只不過是迴光反照的現象，只是我卑微、不起眼、沈默、無言的一生裡的一個反動。

我是尋常的小角色，人類舞台上的一個螺絲釘。但是現在我死前一回顧，說實話，若人生有所謂的光與熱，我寧願傾盡一生能量，換取一個尋常的人生角色。

只是錯置天生；尋常當然不可得。

□

從小我就是受人矚目的小孩。

我也不知道我是不是顯得比同年齡的小孩成熟，反正大人們都對我不錯，考試、唱遊、繪畫、舞蹈……我的表現始終是一流的。老師說的、教的，我都舉一反三。

舉一反三未必會得到大人的疼愛，所以可能有一點原因是，我真的長得相當可愛吧。我看過我小時候的相片，相當眉清目秀，鼻梁挺直，眼睛靈活，滿臉慧黠。我是個鬼靈精，人見人愛的鬼靈精。

總記得小時候，大人們看到我，似乎都會忍不住擰我的臉頰，要不然就是撫著我的臉皮，摸著我的頭。

「真是聰明啊。」

「好可愛啊。」

「有夠古錐啊。」

回想起來，真是令我自己驕傲。

雖然我是窮人家的小孩，低下階層家庭出生的小孩。

我的爸爸身體並不好，教育程度也不高。他以前是部隊士官，好像有一次部隊中的阿兵哥自戕，子彈誤傷到我爸爸的骨盆，於是他從此癱在木板床上。混在酒瓶中的時間佔了他人生的大半。我的媽媽是原住民，我記得是排灣族，不過她好像有精神疾病，哪一種我現在也不記得了，反正跟我要講的事情應該沒有重要關係。

雖然他們是殘缺的組合，但是生育能力卻相當完整。

我爸爸受傷後第三年，我的三個弟妹誕生。我上面還有兩個哥哥一個姊姊，我們兄弟姊妹的年齡是相當規則的等差級數，所以每生一個小孩，爸爸的撫卹金就少掉一大半。

家裡雖窮，我卻是個驕傲。因為我的聰明伶俐，完全遮掩了我的出身。我的兄弟姊妹們，就比較鈍了些，雖然因為已經習慣，我不會覺得丟臉，但是當時總讓我小小的心靈產生疑惑，我是不是被上帝「錯置」在我母親肚子裡的胎兒，還是接生婆「錯置」保溫箱的嬰兒？

追究這種錯誤其實沒有意義，尤其在我媽媽砍了我爸爸十三刀，開瓦斯把我的兄弟姊妹燒的一乾二淨後，這樣的錯誤還有什麼好追究的？

雖然我還是一樣聰明伶俐可愛。

可能是排灣族血統的良好遺傳，我有如雕刻家雕刻出來的五官，以及我那最令人讚嘆的水汪汪大眼睛。

那年我八歲，小學二年級。我是副班長。為何我沒有被一起燒成灰燼？當然了，沒有燒成灰燼對我的人生是好是壞，實在很難論斷。還是專注在為何我沒被燒死吧。

因為那天，我和我們班長一起到學校的公園去堆沙子。

為何不和其他人，只和班長一起玩？

因為那是我的初戀，兩人一起享用百吉棒棒冰，兩人共用一只小美冰淇淋舀匙的初戀。

其他同學，說我們羞羞臉，小孩子吵架打架在所難免，但是老師都站在我們這一邊，因為我們是好學生。聰明又可愛。

只是媽媽的火，燒掉我的家，也燒掉我的初戀。

我被送到我阿姨家附近的小學，那時是二年級下學期。

我阿姨的命就比我媽媽好，她嫁了個有錢的男人，他是我姨丈。但是我不想這樣叫他，因為他是豬，他後來看我的眼神很不正經，動作也令人討厭。

那時我小學四年級。

那時小甜甜卡通影集正盛行，每天同學們小甜甜、安東尼叫來叫去。承襲媽媽原住民血統和五官的我，在學校一直是個風雲人物。

小學生有其童心未泯的情愫。現在回憶起來，依然令人覺得心裡一陣甜蜜。

我的成績一直很優秀，人緣也很好。太多人向我表達愛慕之意，偶像明星的虛榮，其實我小學四年級就已經享受過了。

我也有我喜歡的人，丟丟紙條，眉目傳情，害羞躑躅扭扭捏捏，這種感覺相當地棒。雖然那時候，男生女生桌子中間總要用粉筆畫一條線。

分開的線，不能模糊，不能超過，只能心靈上偷偷地愛來愛去。

這就是我小學生時期的愛。

男生女生中間的線，分的很清楚。

是的，我也是分的很清楚，尤其是青春期後，我分的更清楚。

我是風雲人物，怎麼可以模模糊糊不分清楚呢？

但是……

我實在沒辦法想像「我的這條線」卻是由不得我畫清楚的。

青春期的我對於所謂的性與愛情，當然也會幻想憧憬。我喜歡照著鏡子，欣賞自己凹凸有致的身材，假想我自己就像晚會的女王一樣，換穿各式美麗的服裝，等著名門紳士來向我邀舞。卡通小甜甜的劇情不就是這樣嗎？雖然我姨丈看我的眼神越來越大膽，但是我可以忍耐。我不想跟我那死氣沈沈的阿姨作任何女人間私密的對談。

我的心會怦怦地跳著，尤其看到羅曼史小說激情的描述，我會興奮。我也會幻想著，甚至對著鏡子觀賞我的生殖器，對照健康教育課本了解我自己。

這種事情，我才不會給隔壁班的臭男生知道。

臭男生，的確是臭男生，當年他們給我的稚拙情書就跟現在氾濫的垃圾郵件一樣多。

有時我也會偷偷看著我姨丈收藏的春宮照片，看的時候我也相當興奮，只是我很奇怪為什麼我沒有陰毛。

這是小問題，因為春宮照片有時也會出現沒有陰毛的圖片，可能我發育較慢吧。

比較奇怪的是，我已經國中三年級了。我的同學會竊竊私語月經來潮時的困擾與生理痛的煩惱，我都沒有；我死黨同學們交換電視廣告中新品牌衛生棉的話題，我卻如此陌生。

這種情況在我考上明星女中時，更令我疑惑。

我乳房形狀完美，身材高挑，膚質細緻，長髮飄逸。羅曼史小說描述不食人間煙火模樣的女主角造型，我都有。

但是為何我一直沒有月經。

這真是令人難以啓齒的問題。

拖著拖著，不知不覺到了連我自己都快忍耐不住的時候。

我得找一下婦產科。只是真的很奇怪，我看了一下醫院的婦產科，怎麼都是男生的醫師？第一次上婦產科，我才不要跟這些臭男生講我私密的話題！

後來我自己找到一間婦產科求診，那是個女醫師，她聽我的描述後，並沒有說什麼。她叫我作抽血與超音波檢查，一個星期後再過去看報告。

除此之外，當天門診她有個動作讓我很生氣，她竟然叫我脫下裙子與底褲跨上診療台，我不知道她在幹什麼？她也不說，雖然同為女人，她還是沒有對我多說一點。

因為她沒有時間。同為女人的她沒有時間。因為她還有一長串的病人。

同為女人……

從國小的小甜甜時期起，我可以從同學們的聊天中認知到，所謂女人的月經其實也是個女性性徵。雖然有人認為它污穢，有人認為它不祥，但是這是女人間獨享的私密話題。

這是不容否認的。

它可以亂七八糟不規則，它可以讓人痛的死去活來，它可以讓人困窘不堪……這種話題很多，即使這些經驗我從沒有經歷過，但是我可以以女人之心來想像。

只是，一個星期後，女醫師說：「你是男生，所以不會有月經。」

我不懂她在說什麼？

到底在胡說八道什麼？

她說我是所謂睪丸雌性化患者。

這是什麼鬼東西啊？

這是什麼玩笑話？

我是小甜甜，我可不是安東尼。

後來我也比較懂這是什麼東西了……

我的染色體是男性的46XY，所以我體內有睪丸，但是由於某種先天上錯置的情況，使我體內的雄性素沒有作用，所以我的外生殖器是屬於女性的外觀。青春期的我依然有女性的第二性徵出現，而且我的外型特徵是標準的女人的體態，我的乳房發育良好。據說只要是這種病，身上腋毛和陰毛會稀少，這是因為雄性素的作用失常所致。

也就是說，我是有女性外生殖器的男人。

我是長得像小甜甜的安東尼？

這是什麼狀況啊？造物主在我身上開了什麼樣的玩笑啊？伊甸園亞當夏娃的零件，被粗心的造物主搞錯了配置的位置……

「你是男生，所以不會有月經。」真是直接的答案！

我恨透這個答案！為何要告訴我這種答案！

這不是低等的寄生蟲條蟲才有的生理構造嗎？

醫學行為以「真實告知」為醫師之本務！

狗屎。

她告訴我我是男生幹嘛！

我就像從雲端栽下的天堂鳥，立即枯萎的玫瑰花。疑惑的我退縮在侷促的角落中。退縮開始變成習慣，我才驚覺我早已不是我過去想像中的公主。

我是男生。

醫生講的很簡單。

我的日子卻變得孤單。

所謂的告知就是這樣嗎？我可不可以不要？

日子總是要過，也要對生活中扮演的角色調適妥當。就像小說中的人物，我開始隱藏我自己，我就像是個不起眼的人物，希望大家盡量不要注意到我。如果小說家要塑造我這種人物，請注意把我描寫得不起眼些。

我謝絕一切的愛。因為這很奇怪，我的心沒辦法調適。我是女生，我可以愛男生，但是我的觀念是男生不能愛男生。

男生到底可不可以愛男生，這我不管。我只管我自己，過去我可以愛男生，現在我沒辦法……

因為我不知道要怎樣去愛？愛男生愛女生都很奇怪，那乾脆不要。

直到我考上醫學院，周國棟對我表示好感，我沈寂的心才又再度被燃起，但是我沒辦法接受他。

雖然我真的很喜歡他，但是我該以小甜甜的心去愛，還是安東尼的身去愛，我不知道。我只是偽裝在角落，偷偷地……偷偷地……

我開始陷入私下的愛慕，品嚐我虛構世界的愛。只是我逐漸發現，這種愛，空間擁擠，哪能容下第三者呢？

張時方的出現，才讓我自己明白，原來愛情的獨佔慾，跟男生、女生或是男女生、女男生都是無關的。

愛情的盲目不分性別。

之前我以王明億的名義寫的那封電子郵件，裡頭描述對張時方的觀察與對周國棟的介入感到厭惡，其實這是我心理真實的寫照。生氣的理由不變，只是觀察的對象對調，我喜歡的是周國棟，可不是什麼張時方。

嫉妒使我找回自己，獨佔慾喚起我逝去的愛情靈魂。原來我還是有追逐心中愛情的本能。

這種自私的佔有慾，別人可以詆毀，但是我卻覺得溫馨感人。

我承認我是扭曲了。

我的靈魂是扭曲了，但是在我錯置的軀殼中，扭曲的靈魂真的是扭曲嗎？

而且扭曲的靈魂並不是只有我有，那個長的天使般的李妙意還不也一樣。

嫉妒，佔有，愛情的盲目，跟錯置的軀體與否無關。

因為靈魂扭曲使我產生殺死張時方的念頭，這我承認。

但是李妙意的靈魂也一樣扭曲，因為她也想殺死張時方！

□

張時方其實是個魔鬼般的女人。

我卻是魔鬼中的魔鬼。

張時方說，周國棟這種花花公子一定要讓他身敗名裂！周國棟怎麼會是花花公子呢？這是偏見，無理的偏見，怎麼可以說對女孩子熱心體貼的男人就是花花公子？

這怎麼可以？聽到她這麼說，我心裡想這怎麼可以？

周國棟已經為她著迷，這讓我嫉妒羨慕不已，她怎麼可以輕易說出要毀掉周國棟這種可惡的話。

我決定殺掉她。

既然上天錯置我的軀體靈魂，扭曲了我的一生，我決定利用我的天賦來作這件事。

如果能將現場布置成她是被姦殺致死的，那麼其他人再怎樣聰明，也沒辦法聯想到這是我幹的。

問題是要怎樣布置一個令人困惑的環境？我思考各種可能性，終於策劃出一個以理想的時空環境條件為前提的絕妙謀殺計畫。

老實說，當我想到自己竟然可以想到這麼完美的計畫，我相當興奮。

我知道醫學院研究大樓地下室，星期六的公共澡堂就是個完美的犯罪路徑。犯罪其實也有高下之分，駑鈍的人所做的是暴虎馮河的事情，跟我是絕對不能相比的。

我需要一些基本道具，既然要設計成姦殺，我需要男人的精液。

在我尋找道具時，在醫學院演講性侵害研究報告的你，很快成為我鎖定的目標。

藍霄先生，請不要生氣，選中你是你我雙方的榮幸……啊！是啊！在七年前，我們就有了如此特殊的邂逅。

為何選中你？很簡單，醫學院的演講中，你那幾句義正詞嚴的結論，有如天使呢喃，召喚著在台下聆聽演講的我。呵呵，哪幾句結論？七年後的你，難道已經忘的一乾二淨了嗎？

你不是說：「醫學沒有隱瞞，醫學只有告知，這是沒有情緒可以妥協之處，處理性侵害事件亦然！」

所以我選擇你。

讓你來親身感受一下，讓你自己來驗證你的結論。

我襲擊你的凶器是醫學系八十四年班系辦公室當中的榔頭，一般人是不會特別去注意的。凶器為何會跑到辦公室中，很簡單啊，我是託張時方帶進去的，誰會料到殺死死者的凶器是死者自己帶進去的？

既然取得你的精液，如果沾有你毛髮血跡的榔頭也出現在即將發生命案的現場，豈不是更完美？

只要誆騙張時方說，這是把周國棟弄到身敗名裂的步驟之一，就可以操縱這個愚笨的女人。人們都說，女人心深似海，這是鬼話。在這個女人身上，我發現她淺薄到不行，可笑幼稚到不行。

我殺了她，她到死前還搞不清我為何要殺死她？真是笨女人。

我把保險套中的精液注入她的陰道中。為了保險起見，我特地蒐集從王明億身上刮來的皮屑，把它嵌入張時方的指甲縫中。

殺人的計畫要周密，說來簡單，可不是隨便什麼人都可以辦得到的。

現在辦案不是講究所謂的刑事鑑識嗎？不是強調鐵證如山的科學證據嗎？

我想說的是，腦力比冷冰冰的器械重要，絕佳的智慧假造出的科學證據，用來對付那些只講究比對燒杯酒精燈的人已經綽綽有餘。

七年來，我的逍遙法外不是證明了我的優秀睿智嗎？

這真是有成就感的犯罪，玩弄別人原來也是這麼快樂的事情。

於是我個人私密的世界中，從此多了一項令我回味的祕密。

這種精心策劃的犯罪遠比所謂的推理小說的犯罪高明許多。

推理小說，呵呵，沒想到當年我的「共犯」——不好意思，用共犯這個形容詞來說你——竟然後來還成了推理小說作家。

近來耽溺於網路世界的我，在發現「佛洛伊德的推理世界」網站負責人竟然就是當年那個精神科醫師時，我真的想笑，大笑。

我拜讀你的推理小說，逐字逐句地拜讀。這就是推理小說啊，我想。

你可知道，我真想告訴你，當年你曾參與過一件比你小說世界中更詭譎的事件。身為推理小說作者的你，竟然忽視了親身參與過的事件，實在是可笑。

秦博士，嗯，你是這樣描述稱呼你的同學。

老實說，從你的描述中，我對他的成見是，他真的有那麼厲害嗎？

我不信。

一種突然而來、虛榮的挑戰心情讓我悸動異常。

我想測試你的同學——秦博士。

他真的有那麼厲害嗎？那一定是小說中誇張虛構出來的。

當初我這麼想。

後來證明我錯了，你是對的。他真的很厲害，我沒話講。

我早就知道我的身體狀況，放棄治療的我會死。今天選擇墜樓的死亡方式，雖然慘烈，卻很淒美，媒體不是最喜歡強調這種病態的淒美嗎？雖然人遲早要死，但我有點小小的不甘心。是要讓當年詭譎難解的事件隨我灰飛煙滅？還是要選擇對現實作出最後的宣告？

我選擇了後者，我無怨無悔。事實證明，總算世上還是有識貨的人，請個識貨的人搬石頭來砸我自己，這種感覺很奇怪，卻難掩我心中的滿足感。

□

我決定捏造出一封詭異開端的信件，既然你是推理小說作者，那麼我就應你的要求，來給你一個相對應的推理小說形式的挑戰。

很難得的，與周國棟都是無精蟲症患者的王明億，是七年前我就知道的一個精神病患，有自殘的傾向，所以我的皮屑來源獲得並不困難。

小陳，是個自閉傾向的馬來西亞偷渡僑生，持有偽造的護造與身份證在台灣社會遊蕩。兩人都是我的好朋友，因為我們同病相憐。

我是錯置性別的軀體。

他們則是靈魂的錯置體。

所以我們三個都是造物主粗心大意之下的錯置體。

小陳總以為自己的頭不屬於自己的軀幹，總妄想自己的頭顱是魔鬼大帝的。

王明億則以為自己的軀幹不屬於自己的頭顱，總妄想自己是人頭獅身的怪胎。

既然這樣，我願意達其所望，讓其各取所需，只要他們幫忙我……他們會幫忙的，因為我是他們的心靈導師，提供他們心靈上慰藉而又與之契合的人。

我順應他們的要求，把他們重新組合，擺在同盟路草叢邊與K大醫學院的福馬林池中。

這是超脱的回饋，滿足彼此自我期望的偉大步驟。

雖然同盟路的野狗稍微破壞我的陳置，但是瑕不掩瑜。

我故意請小陳在你住所附近的超商、早餐店、理髮舖、修車館……各種場合有意無意地跟你接觸，造成你對他有印象的錯覺。

王明億則扮演「星」咖啡館的搗蛋角色。

這是漂亮的計畫，是七年前完全犯罪的完美續集。

所以這耗費我相當大的心血，裡頭有王明億、小陳與我的共同演出，有儀式般的慎重，有互相扶持的心理印證。

果然你還是個跟七年前一樣的草包。紙糊的頭腦，易碎的心。

你不是對手，你沒有像你自己嘴巴與小說中講的那般堅強。

相當令我失望。

直到那個穿黑色大衣的男人出現在我面前。

我相當興奮。

「他來了。」

我同意，同意從過去到現在以來，一般人對於犯罪的批判。也就是說，不管計畫再完美，等到真正實行之時，總會有突發的狀況產生。

既然是突發，就不是原先的計畫可以預期。

我沒想到，除了我，對於張時方，李妙意也是懷抱殺意的。我相當意外這種千萬分之一的偶然巧合。

差點，這個巧合就毀了我的計畫。

整件事情發生後，這麼多年來，我總得搞清楚這種計畫外的事情是怎麼一回事？計畫外的突發狀況，對於我的犯罪是畫龍點睛，還是一顆掉入白米粥的老鼠屎？我得搞清楚。

李妙意與張時方的爭吵情況我不想贅述，這不是我的重點，但是吵著吵者會出現掐人脖子氣管的動作，這就不是開玩笑了。

差點，因為這種突發的事故，把我精心的設計搞得無疾而終。差點，這種跳樑小丑就把我的主角角色翻轉成滑稽的龍套，這怎麼可以呢？

張時方還渾然不覺地對我訴說李妙意對她的恨與殺意……我根本不想聽。我在想，當時我心中在想，事後我心中也在想，到底是哪個人從窗外丟了一塊石頭進來，阻斷了李妙意的殺意？這並不是李妙意自己良心發現懸崖勒馬。我要感謝這個人，因為這個人的動作保有我第一主角的地位。

李妙意對於張時方的惡意，同為室友，又是直屬學妹的林克蘭，相當清楚。

我也清楚，她們之間的曖昧……不過，這也不是我這封信的重點。

就因為這種巧合，才會形成現今這種詭異的局面。

我把八十四年班辦公室鑰匙交給張時方，請她把榔頭與精液帶進現場，這種事情，照說，只有計畫中的我與張時方知道。

現在突然殺出個程咬金，李妙意變成是額外知道張時方是自己開門進來的人。

這對我的計畫有影響嗎？唉，當時我想是沒有，但是……

我把叨叨絮絮講不停的張時方殺了之後，將門鎖上，這原本就是我的計畫。這中間發生的插曲，李妙意不會說，林克蘭也不會說，因為她們也搞不懂為何十一點鐘之後張時方還是死了？那究竟是怎麼一回事？這也是僵持的犯罪狀態。

惡意可以隱藏，恨意可以隱藏，愛情何嘗不是也可以隱藏？

她們脫離理智的脫序行為，是不值得一哂的。她們的自私是人之常情，哪像我有堅持到底的意志力。

李妙意的死，跟我沒有直接關係，這要講清楚。我只是慫恿、加工，對於一個憂鬱症病人加以煽動而已，小陳說，他想選擇與李妙意自殺死亡時間同一時段，或許他與王明億、李妙意在黃泉路上可以相伴不寂寞。

兩男一女，兩女一男，三角關係在黃泉路上也繽紛。

七年前後的事件，我自認相當得意……造物主錯置我，我卻如造物主來操控事件，這種感覺真的不錯。

原以為這是個除了當事者之外，外人絕對無法了解的事件。只是當你的同學秦博士，來到女泳社翻查當年游泳訓練日記時，我就知道他懷疑我了。因為整年不會因為月經干擾而打斷練習的社員就只有我，因為我本來就沒有月經。

我只是覺得很奇怪，我這麼完美的犯罪計畫，他怎麼會想到是我。

「既然事件已經發生，那必然會有一個合理的解決方式存在。

「張時方命案，由於精液、毛髮、男人皮屑的出現，與死者死時的現場擺置，自然會讓人判定是件姦殺命案。

「陰道會出現男人精液，現場凶器出現同一男人的毛髮，這都可以理解，因為這些都是姦殺案件合理的現場發現物。

「但是如果少掉了這些東西，姦殺案的推測還成不成立？

「從死者的衣著與現場情況，依然會讓人推測這是件姦殺案件。

「那麼多了精液與毛髮的用途，有什麼好處？是可以讓人更明確認定這是性侵害殺人事件。一般人要懷疑女性故佈疑陣的可能性就下降許多，警方自然被誘導到男性性犯罪的辦案方向去了。

「相反的，如果少了精液與毛髮，那麼女性犯罪者要把殺人事件故佈疑陣成性侵害案件可能性，是不能忽略的。這麼一來，警方當年偵辦張時方的命案，自然不會輕易排除現場附近幾位女性的涉案可能。

「問題是，死者陰道內出現與整個命案似乎不太相干的男人精液與現場梆頭上毛髮，除了使整個案件難以突破外，是不是不能忽略它的另外一個明顯意義？姦殺、精液毛髮與男人皮屑，其實只是在暗示任何注意張時方命案的人：這是男性的犯罪事件。

「的確，警方，八卦媒體，報紙都是以姦殺的角度在報導與追查這件案子。

「彷彿是現場插上一支旗幟，上面寫著：『男性性犯罪』。

「然而，這樣的案件，需要特別去暗示嗎？既然是謀殺案，殺了人以後兇手還要有意去強調這種殺人犯罪的性別差異性。目的是何在呢？

「因為這是女性角度下籌畫故佈疑陣的案件。

「所以現場的每位女性，照理說，警方都不能把其排除在涉案者的考慮範圍之外。

「比較令人覺得奇怪的是，指甲內竟然會出現另一個男人的皮屑。

「性侵害事件，必然會留存受害者的指甲、恥毛與衣物。

「這些都是想要找到加害者除了遺留在受害者體液之外的其他微物證據。

「受害者由於掙扎反抗，往往會抓存加害者的皮屑與血跡。

「所以指甲出現了另一個男人的皮屑，除了警方所謂的存在性犯罪共犯之外，是不是也該更進一步思考其他可能性，尤其它也和死者陰道內的精液一般都是莫名其妙的來源物。

「當然了，這也有可能是張時方早些時候剛好被另一個男人騷擾，掙扎後所殘留的皮屑，但是基本上這可能性是相當低的。

「還是這依然在暗示這是男性的犯罪？精液已足夠，多了這部分的皮屑未免累贅。

「抑或是兇手擔心在行兇的過程中，受害者指甲真的殘留了自己的微物證據，所以故意又留下另一個不相干男人的明顯皮屑。如此一來，這又是以男性犯罪者的心理所做的動作。

「的確，張時方的命案會陷入瓶頸，除了現場的時空環境下，警方被兇手誤導，侷限在以「男性涉案者」為偵察出發點的角度裡，當然會找不到合理的涉案者。張時方的命案，總讓我覺得，這是男性與女性心理角度交雜之下的犯罪……

「事後證明，皮屑的所有者是王明億，而他是無精蟲症患者，如果當年警方真能懷疑死者陰道精液的佈置是栽贓的作法，而且也想到那是不管男性與女性均有可能的犯罪，那麼犯罪者特地嵌入無精蟲症男性的皮屑目的又是何在？雖然可以加強男性性犯罪的印象，但是為何要特地選取無精蟲症的男性？是偶然？是驅使警方針對現場有嫌疑的無精蟲症男性的誤導？還是那是擔心犯罪的栽贓詭計日後被識破的備胎嗎？也就是說犯案者除了可能是一位原本就沒有製造精蟲能力的女性外，更有可能是無法製造精蟲的男性？當然也有可能是……」

這是我摘錄你的同學秦博士寄給我的信件中的一部份……

推理周密加上邏輯解説，他指控我的部分，我無力抗駁。但是我佩服他説的這一段話。因為他把我的想法完全寫了出來。

當初我曾經猶豫，到底要不要再把皮屑嵌入？心理上我是如你同學所言，雖然早已準備王明億的皮屑，但要不要再加入這個動作呢，我有點猶豫……

但是中途突然冒出李妙意這段，我怕張時方指甲上有抓存李妙意的微物組織。我必須使男性證物更明確，越讓人懷疑是男性犯罪，越不容易想到我，這是我當時的直覺判斷。

但是在你同學的分析下：「如果犯罪者不能把女性排除在外，那麼當天使用三溫暖公共澡堂的幾位，其實是最有機會行兇的，因為只要離開公共澡堂東側的出口，即可行兇。也就是説，可以大搖大擺穿過女性浴室走道，來到行兇現場外，身上有自然的遮蔽衣著，就只剩女泳社的社員了。早先存在使用個別蒸汽浴室的幾位宿舍同學，基本上是沒有遮蔽衣物可以離開浴室來到行兇現場，所以合乎條件的涉嫌人，就是這幾位在案發時間裡進到浴室三溫暖間的女泳社社員了。」

想我當年穿著比基尼泳裝，堂而皇之穿過公共澡堂，到醫學系八十四年班系辦殺死張時方與佈下疑陣的過程，這是多麼令外人困惑、令自我評價絕妙的行兇路徑啊。

但是在你同學的說明下，似乎變得很簡單……

我承認我不是那麼容易屈服的犯罪者，這點自負，我是有的。

但是既然張時方體內有你的精液，若不是你真的強暴她，那就是有人把它帶進來的。

你是在接近晚上十點鐘的時間點上被人用暴力敲擊與乙醚迷昏。你很清楚，你的同學秦博士也很清楚。

的確，現場幾個比較明確的涉嫌者中，也只有張時方與我，是在這個時間點時仍在研究大樓外的人。據你同學秦博士說，錄影帶錄得清清楚楚。

真正比較令我覺得洩氣的是，秦博士給我的信中提到：

「你真的確定，張時方的指甲當中，只留存了王明億的DNA嗎？」

我知道他的意思，我回想，我不敢確定……不敢百分百的確定。

張時方是有反抗。事後，我在我的耳後發現了一個抓痕，但是我不敢確定這個抓痕是怎麼來的。雖然我自認已經很小心了……

七年前，警方沒有注意，不代表七年後也沒人會注意。

我很欣慰。

秦博士的來信沒有指責，沒有疾言厲色的質問，只有理念的溝通，只有道德的勸說。

藍霄先生，我知道這是個推理小說的理想題材。我也願意以我的血、王明億的血、小陳的血、張時方的命，和李妙意的命，來為你的寫作生命添加一點色彩。

你可以放膽去寫，但是請務必好好處理這個題材。

別忘了，我是個不起眼的角色，請把我處理得不起眼些。

我知道，按照范達因推理小說守則第十條所言：「兇手必須是小說中多少有點份量的角色才行。」

身為推理作家的你，要怎麼處理我的故事，我當然無從置喙。我只是私心地說，如果這是我的故事，我希望我是個不起眼的小角色。

其實我現在才知道，偷襲男人來竊取精液，這種異想天開的念頭是只有笨女人才會有的想法，雖然我終究是取到了，那是運氣好，不是嗎？委屈你了。

你如果寫成小說，如果你一開頭就描寫你受襲的經過，宣稱張時方體內的精液是你的，其實某種層面上已經向你的讀者們宣告，這是女人的犯罪。

但是讀者……呵呵，我可想而知。

當小說完成，別忘了，我在另一個世界還是會拜讀的。

在我體內的睪丸已經病變成惡性腫瘤後……

我也沒有什麼好掛念的。

再見了。不對，應該沒有機會再見了。

我只是塵世間的一個平凡不起眼的女子。我是女子。我不是男人。

陳予思

台灣推理小說新里程碑之作——《錯置體》

傅博

「推理小說」這個文學名詞，是在四十多年前從日本引進松本清張的作品時，同時引進的舶來品，之前在台灣和日本都稱爲「偵探小說」，兩者的含意是相同的。

推理小說這名詞獲得日本市民權，是在一九五七年松本清張同時發表了《點與線》和《眼之壁》兩長篇後，媒體想要與之前的偵探小說區別其不同風格的作品，而稱爲推理小說。

《點與線》是一篇純粹解謎爲主題的偵探小說，但是與以往作品不同之處，就是包裝主題的諸要件就是寫實。如事件發生的地點，並非什麼古老的大豪宅，密室等非現實的場所；偵探也非天才型名探，是逐步搜查現場、收集證據的凡人型偵探的刑警，殺人動機具社會性，與異常的情殺、復仇等私怨不同；作者對事件的記述，並不特別強調其神秘性、奇怪性、恐怖性來製造浪漫氣氛。

由此可知，最初推理小說是指寫實型的偵探小說，後來把之前的浪漫型偵探小說包括進去，而把具社會意識的作品稱爲「社會派推理小說」。

不管當時引進松本清張等作品的業者，是否知道日本推理小說的這段歷史過程，總是爲台灣讀者帶來新的文學認識，是不可否認的。

一九八四年十一月，《推理雜誌》創刊，定期地向讀者推出閱讀園地，之後提供創作園地，讓年輕人自由嘗試創作，可說是推理出版第一次躍進，但是二十年來的創作成績，老實說是令人失望的。

推理小說與普通小說不同，是「自我完結的定型」小說，大多數嘗試者不懂其創作原理。他的創作形式與定型詩或希臘悲劇一樣，需要「起、承、轉、合」分明，不可模糊故事，創作須按其寫作次序撰寫，如果要突破既成的創作形式，也必需造反有理，不可忽視推理小說諸要件。

令人失望的作品之作者，可能不悉上述的創作原理，筆者不想歸罪於這群年輕人，其失敗最大原因應該說是於不成熟的台灣時空背景。

英籍的推理評論家，又是推理小說史家海克拉夫（Howard Haycraft）在一九四一年出版的《娛樂的殺人：偵探小說的成長與時代（*Murder for Pleasure: The Life and Times of the Detective Story*）》一書裡，有一段分析，爲何推理小說只在英、美、法三個國家成長發展（戰前的日本推理小說停留在中進國）之文章，其結論很簡單，「民主政治是推理小說的成長土壤」，這是作者觀察當時的獨裁國家德國、義大利、蘇聯等獲得的結論。

戰後四十多年的台灣政治環境，人人皆知，筆者不必多說，按海克拉夫的理論，這段期間，台灣是推理小說不毛地帶，文化沙漠。

換另一角度觀察一百六十多年來，推理小說創作的繼承問題。一八四一年，愛倫坡發表世界上第一篇推理小說〈莫爾格街命案〉之後，一直到一八八七年，柯南．道爾發表福爾摩斯探案《緋紅色的研究》。其間雖然在英、法、美有人創作推理小說，嚴格地說，這些作品雖也是以解謎爲主題，但是與愛倫坡的作品比較，包裝主題的諸要件有些不同，所以史家認爲愛倫坡的眞正繼承者是柯南．道爾。這段路程是四十六年。

又以日本爲例，一八八七年，黑岩淚香開始大量翻案（改寫）歐美推理小說之後，出現很多追隨者，有的正確地翻譯原作，有的模仿淚香的翻案，有的嘗試創作。這段期間的推理創作，都不具全推理小說必需具備的要件。日本推理小說的確立，需要等到三十六年後的一九二三年，江戶川亂步發表〈兩毛銅幣〉。

由上述兩個例子就知道，推理小說從播種到紮根生葉一直到開花結果，是需要一段時間的探索。

從推理小說的土壤（空間）和繼承（時間）問題觀看，台灣二十年來創作之不成熟，是從播種至開花結果之摸索期間，必須經過的路程產物。

依筆者的觀察，綜合出版界諸現象，近年來，台灣推理小說創作的技巧與風氣都已更上一層樓，開花的季節快來臨了。

本書《錯置體》，可以說是步出摸索期間後，所開的第一朵花。它是一篇不按理出牌的解謎推理小說，作者大膽地打破解謎推理小說的創作形式，可能是作者要凸顯意外的兇手而採取的手段，這種罕見的創作形式，也許有爭論，但大膽的嘗試是值得肯定的。

全書除了序章外分為五章，每章的觀點與記述形式不同。

序章寫被捲入殺人事件的精神科醫師，又是推理小說家藍霄，以第一人稱獨白吐露這幾天來的不愉快心情，以及醫學院時代的室友，名偵探秦博士要來高雄探望他之期待。

第一章　孟婆湯：是轉載自稱三十歲出頭的K醫學大學的內科部醫師王明億，寄給藍霄一封內容離奇的電子郵件全文形式，記述王明億對藍霄的威脅，然後藍霄以第一人稱記述自己的反應。

王明億說，自己曾經是藍醫師門診求診的精神分裂症患者，自己分析自己的病狀應該是解離性失憶症與迷遊症有關。之後，話題轉到十二月七日，自己參加周國棟醫師所發起的同學會「喜福會」的聚會，當離席去小解後，時空好像逆轉，發生所有成員都不認識他的怪事。最後話題又轉到七年前，醫學院學妹張時方殺人事件的兇手是自己，暗示藍霄是共犯。

第二章　眩暈的牛頭馬面：是以藍霄的視點，記述收到王明億的電子郵件之後的六月十五日，兩名刑警來訪，告知昨天發生的身首異處的兩件命案，其中的一個死者留給藍醫師的遺書，簽署人是王明億。刑警歸去後，藍霄認為王明億的死亡與七年前張時方殺人事件有關，他便仔細去調查當時事件發生的經過。

第三章　犯罪者的奈何橋：也是以藍霄的視點記述名偵探秦博士的登場，喜福會的周國棟妻子李妙意於六月十三日深夜死亡事件。秦博士的室友小李和妻子柏芳惠加入討論，推理張時方被殺的情況，王明億與不知名男子的身首異處命案和李妙意投入澄清湖自殺的可能眞相。作者藉四個人的討論形式向讀者提供部分解謎線索。

第四章　陽關道上的小李：是由小李記述和秦博士，到十二月七日喜福會開會場所「星」咖啡館，勘查現場，以及之後與警方及當年命案關係人談話經過，秦博士對此三事件四屍體做出部分推理結論。

第五章　秦博士的獨木橋：首先藍霄記述自己以推理小說家、被害者、加害者、偵探等多重身份參與事件的感慨，之後，附上一封書信而結束故事。

本章中，很有趣的是作者藍霄借故事記述者藍霄，記述了一段「推理小說論」，從這短論可窺見作者藍霄的推理小說觀。本書可以說是其推理小說觀的實踐。

作者藍霄，本名藍國忠，一九六七年六月四日出生，澎湖人，現在任職於高雄長庚紀念醫院婦產部醫師。他自從中學生時代就是推理小說迷，高中三年級時在《推理雜誌》第十四期（一九八五年十二月號）發表處女作〈屠刀〉，之後四年餘，因大學功課繁重，沒有發表作品，一九九〇第二篇短篇〈醫院殺人〉獲得《推理雜誌》徵文獎，之後刊載於同年該誌十月號〈迎新舞會殺人事件〉，是本書名探秦博士和五位室友小李、阿諾、許仙、老K、湯瑪斯（即本書中的推理小說家藍霄）初次和讀者見面的第一篇作品，之後，藍霄陸續在《推理雜誌》發表了九篇秦博士和五位室友的中短篇偵探故事，今年一月在《野葡萄文學誌》第五期，也發表了秦博士探案第十篇的〈我在大貝湖遇見恐龍〉。凡是推理小說迷對藍霄與秦博士探案應該不陌生吧！不必筆者饒舌。

《錯置體》雖然是藍霄的處女出版，本書之前他另完成同樣是秦博士探案系列的長篇兩冊，分別是《天人菊殺人事件》（一九九四年完成）和《光與影》（一九九九年四月完成），據說這兩長篇未來也有機會與讀者見面。

筆者希望又期待，二〇〇四年是台灣推理小說更上一層樓的第一年。《錯置體》的出版能夠帶動年輕人的創作慾的話，台灣推理園地的百花繚亂也不是夢了。

二〇〇四年六月十二日

LOCUS

LOCUS